*Für Carlotta und Oskar.*

*Hört niemals auf zu staunen!*

# Jakobsons
# Nordsee

*Hundezoff und Möwensturm*

Jörn Peter Fischer
mit Illustrationen von
Telse Ahrweiler

**Impressum**
ISBN: 978-3-9822418-2-1
Jakobsons Nordsee – Hundezoff und Möwensturm
1. Auflage 2020

Autor & Herausgeber: Jörn Peter Fischer
Illustrationen: Telse Ahrweiler
Lektorat: Kerstin Löffler
Druckvorstufe & Layoutberatung: Lars Boljahn, idee3.de
Layout & Marketing: JFK089

**Erhältlich im Handel und direkt über**
Web: www.JakobsonsNordsee.de
E-Mail: moin@jakobsonsnordsee.de
Jörn Peter Fischer • Preysingstr. 24 • 81667 München

Printed matter
5041-0856

**Klimaneutral gedruckt** in Dänemark by ScandinavianBook
Firmensitz: Druckhaus Nord • D-91413 Neustadt
**Gedruckt auf skandinavischem/europäischem Papier
aus umweltzertifizierter, nachhaltiger Forstwirtschaft.
Bewusster Verzicht auf das Einschweißen in Plastikfolie.**

**Bevor es losgeht:**

# Nordseewissen

## - kurz & knackig -

# Niemand braucht einen Regenschirm an der Nordsee!

Der Wind bläst ihn dir sonst weg. Jacke, Mütze, fertig!

# Krabbe ist nicht gleich Krabbe!

Strandkrabbe, 8 Füße, 2 Scheren. Zwickt, wenn sauer.

Nordseegarnele, genannt „Krabbe". Die auf dem Brötchen.

# Die Scholle hat beide Augen auf einer Körperseite!

Als Jungfisch sieht sie „ganz normal" aus, dann wandert
das linke Auge auf die rechte Seite und sie wird „flach".
Verrückt? Nein! Geniale Natur.

# Das ist der Queller.
# Guten Appetit!

Wo es anderen Pflanzen zu salzig wird, wächst der Queller.
Sieht aus wie ein Mini-Kaktus. Ist die perfekte Fisch-Beilage.

# Wenn an der Nordsee eine Tasse Tee kalt wird, ist das kein gutes Zeichen!

Dann herrscht Stress. Und den braucht im Norden keiner.
Im Süden auch nicht? Das ist jetzt nicht so wichtig ...

# Gummistiefel an?
## Dann los!

# Inhalt

# Die Menschen

**Jakobson** – der letzte Fischer der Insel

**Greet (11) & Jasper (12)** – neugierige Geschwister

**Schäfer Ole** – der mit dem Hund tanzt

**Kneipenwirt und Imbissbesitzer Erik** – qualmt immer Pfeife

**Hafenmeister Svensson** – liebt Ordnung und Übersicht

**Ladenbesitzerin Rike** – Jakobsons beste Kundin

**Inselpolizisten Knut & Svea** – schneller als das Verbrechen

**Leuchtturmwärterin Nele** – ein strahlendes Nordlicht

**Bürgermeister Frithjof** – die Ruhe selbst

**Bäckerin Smilla** – garantiert die Süßeste von allen

**Restaurantwirtin Jette** – die beste Köchin weit und breit

# Die Tiere

**Herr Hansen** – Bordhund und Erster Offizier von Jakobson

**Frau Störtebeker** – räuberische Luftpiratin

**Strandkrabben Ottokar, Paul, Emil, Gustav** – beste Kumpels

**Uropa Uwe** – vielleicht die mutigste Strandkrabbe der Welt

**Lars, Klong und die Möwenmeute** – für Beute tun sie alles

**Molly, Hermann, Schafherde** – flauschige Deichrasenmäher

**Willibald von Flitzewitz** – „Flitzi", das Fluchtschaf

# Herr Hansen dreht auf

*Komm, lieber Hermann, ich hab dich so gern.*
*Spiel lustig mit mir, du strahlender Stern.*

So schnell er konnte, rannte Herr Hansen vom Hafen aus in Richtung der sandigen Dünen. Nach einer stürmischen Nacht auf dem kleinen Schiff schien der Inselboden unter ihm zu schwanken. Seine ungewaschenen Haare flogen wild umher. Durch den dichten Schnauzbart konnte er seine lockigen Freunde bereits riechen. Zu lange schon hatte er sie nicht mehr gesehen. Heute würde er sie alle wieder einmal mit einem Besuch überraschen.

Herr Hansen war groß, kräftig und braun. Wenn er bellte, hörte man das fast bis aufs Festland hinüber. Er war der Hund von Jakobson, dem letzten Fischer auf der kleinen Nordseeinsel. Beide liebten sie die frische, salzige Meeresluft und beinahe täglich waren sie zusammen an Bord des alten Fischkutters. Die Nordsee war ihre gemeinsame Heimat. Ihre Insel war für sie der schönste Platz auf Erden.

Hansen überlegte, aus welcher Richtung er sich anschleichen sollte. Wenn er geahnt hätte, was er mit seiner Aktion heute alles auslösen würde, dann hätte er es bestimmt nicht getan. Aber Sehnsucht und Leidenschaft steuerten ihn jetzt. Oh, wie hatte er seine Freunde vermisst! Er war sich sicher, dass sie ihn auch ein wenig mochten. Gesagt hatten sie es ihm jedoch nicht. Er hielt es kaum noch aus und beschloss, heute über den Deich zu stürmen. Dahinter waren sie bestimmt, dort hatte er sie gestern erst gesehen.

Der haarige Kraftprotz folgte dem Weg Richtung Strand. Vom Meer her peitschte ein ordentlicher Wind genau in sein freudig strahlendes Hundegesicht. Er hatte Glück. Gar nicht weit von ihm entfernt sah er den glänzenden Hermann mitten auf dem Deich stehen. Wie eine Leuchtreklame, wie eine Einladung zu einem Fest. Nur ein paar bunte Ballons mit Aufschriften wie: „Hierher!" oder ein Schild mit den Worten „Moin Hansen, wir warten schon auf dich!" fehlten noch. Denn Hermann war so weiß wie kein anderes Schaf. Schneeweiß, glänzend weiß, richtig volle Kanne weiß. Herr Hansen musste oft an Hermann denken. Ob der wohl nur spezielle Grassorten fraß, ab und zu eine weiße Muschel vernaschte oder eine liebevolle Fellpflege erhielt? Hansen legte ein breites Hundegrinsen auf. „Jeder braucht Bewegung und Abwechslung im Alltag", so sagte es Jakobson immer. Etwas Bewegung nach der ganzen Zeit auf dem Fischkutter war in jedem Fall gesund. So war Herr Hansen, Hund von Kopf bis Schwanz, davon überzeugt genau das Richtige zu tun. Was für ein Fehler!

Der Rest war für ihn ganz einfach. Da Hermann zwar der Glänzendste, aber bei weitem nicht der Hellste war, konnte Hansen in einem kleinen Bogen unten am Strand unbemerkt an ihm vorbeihuschen. Dann nahm er die alte Holztreppe und schlich sich oben auf den Deich. Hermann graste seelenruhig vor sich hin, schaute starr in die andere Richtung und dachte vielleicht über die neuesten Trendfrisuren für Schafe nach. Hansen wusste es nicht, aber hatte ständig solche Fan-

tasien, an was die anderen wohl gerade dachten. Jetzt hatte
er den perfekten Platz gefunden. Versteckt zwischen hohem
Dünengras sah er die komplette Schafherde vor sich. Schäfer
Ole war nicht in der Nähe. Keine Spur von ihm oder seinem
klapprigen Fahrrad. Wahrscheinlich war er sich gerade wieder
langweilen gegangen. Ole musste etwas gegen Spaß haben.
Noch nie hatte Hansen ihn mit seinen Schafen toben sehen.
Es wurde nicht gerannt, gesprungen, geblökt oder sonst etwas Freudiges unternommen. Wie furchtbar! Ole hatte eindeutig seinen Beruf verfehlt, fand Hansen. Vielleicht hatte er
einfach die Lektion „Spaß mit Schafen" in seiner Ausbildung
zum Schäfer versäumt? Das Kapitel „Warum ein Schäfer einen
Hund braucht" hatte Ole seiner Meinung nach auch verpasst.
 Herr Hansen machte sich so flach wie eine Flunder. In ihm
kribbelte es. Überall. Alle seine Sinne waren hellwach. Hinter
ihm pfiffen ein paar Vögel am Strand um die Wette. Wunderschöne Austernfischer, schwarz-weißes Gefieder, roter Schnabel, rote Füße, wie kleine Störche. Ein Pfeifkonzert.

*Austernfischer*

Er stellte sich vor, wie sie ihn anfeuerten. „Hansen! Guter Hund! Hau rein, Alter!", hörte er die Vögel im Chor pfeifen. „Los, mach schon! Der olle Hermann soll sich mal wieder so richtig einsauen! Mach hinne!" Hansens Muskeln zuckten. Das Einzige, was sich bei Hermann bewegte, war die Kauleiste. Auch die Herde unten in der Wiese hatte nicht die blasseste Ahnung, was gleich passieren würde.

Dann brach es aus ihm heraus. Er sprang mit einem gewaltigen Satz in die Höhe, Richtung Herde. Sein lautes Bellen war noch weit entfernt zu hören. Mit viel Schwung und fliegenden Ohren hatte er Mühe, wieder auf seinen Pfoten zu landen, fast überschlug er sich. Er war voll in Fahrt. Von unten betrachtet muss es ein Spektakel gewesen sein, als dieses wilde Kraftpaket in großen Sätzen wie ein ganzer Schwarm kleinerer Hunde den Deich heruntergewalzt kam. Mit weit aufgerissenen Augen und großen Ohren erstarrten die Schafe für eine gefühlte Ewigkeit zu Stein.

Hermann, der von oben die beste Aussicht hatte, machte sich sofort und ohne lange zu überlegen in die nicht vorhandenen

Hosen. Schockiert sah er zwar genau, dass es der alte Bekannte Hansen war und dass dieser nicht mal auf ihn zu rannte. Doch sein Schafskörper interessierte sich nicht für solche Details. Er konnte seinen Blick nicht vom wilden Treiben abwenden. Er schaute und schaute und stand da wie eine Statue. Er hoffte, dass der Hund ihn einfach übersehen hatte.

In der Herde sorgte Leitschaf Molly für die rettende Bewegung. Mit einem lauten „Mähäääää!" gab sie das Signal zum Wegrennen in Formation. Und zwar schnell. Man wusste ja nicht, was dieses Fellknäuel heute vorhatte. „Määäääääh?" antworteten einige – und rannten sich dann gegenseitig über den Haufen. Von einer geordneten Formation war nichts zu sehen. Hansens Geschwindigkeit war atemberaubend. Bevor sich die Schafe auf einen gemeinsamen Kurs einigen konnten, war er im hohen Bogen mitten in die Herde gesprungen.

Manchen der Tiere konnte man ansehen, wie sie die Augen schlossen, als der große Hund über sie hinwegflog. Sie alle hofften, dass er auf dem Nachbarn landen würde. Ein Schaf nutzte den Tumult, um von der Herde zu türmen. Hansen achtete genau darauf, dass er keinem Schaf wehtat. Es sollte ein Fest für alle sein. Aber mit dieser Meinung war er allein.

„Ich glaub es ja wohl nicht!", schrie Schäfer Ole plötzlich. Er war doch da! Ole hatte gerade sein Fahrrad repariert, deshalb hatte ihn Hansen übersehen. Das Spektakel steuerte auf seinen Höhepunkt zu. Herr Hansen mitten in einem Wollknäuel voller Schafe, hoch- und runterspringend, Geblöke überall, unterbrochen vom begeisterten Bellen des Hundes. Hermann entsetzt oben auf dem Deich, bibbernd statt flüchtend.

Und jetzt betrat also Ole völlig unerwartet das Spielfeld. Der groß gewachsene Schäfer mit der alten Schiebermütze hatte einen hochroten Kopf und fuchtelte wild mit seinen Armen in der Luft herum. Dann schwang er sich auf sein Fahrrad und fuhr in Richtung der Herde los. Dass sein alter Drahtesel noch nicht ganz fertig repariert war, spielte jetzt keine Rolle. Er musste seine Herde vor diesem wildgewordenen Hund beschützen. Auf einem platten Reifen eierte er mit Vollgas in die Wiese, genau auf das Chaos zu. Jeder kleine Hubbel, jede Mulde im sandigen Boden versetzten ihm dabei einen gehörigen Schlag auf den Hintern, was ihn noch wütender machte. „Au … Autsch … So ein Mist!" Seine Mütze verabschiedete sich im hohen Bogen. Ole war außer sich vor Wut. Und Hansen wusste, dass er nur noch wenig Zeit hatte, bis der Schäfer bei ihm war.

Wenn man ganz genau hinschaute, konnte man auf Hermanns Gesicht jetzt so etwas wie einen winzigen Funken Hoffnung erkennen. Sein Ole würde es bestimmt richten. Der Schäfer würde den Braunpelz verjagen und er wäre in Sicherheit. Doch schon gefühlte zwei Sekunden später war klar, dass es dazu nicht kommen würde. Nachdem Ole inzwischen nah genug an die Herde herangekommen war, änderte Hansen gekonnt den Kurs. Direkt auf Hermann zu. Den Deich hinauf. Das Schaf im Blick. Die Ohren gerade noch so mitkommend und wild umherfliegend. Das war das große Finale. Hermann konnte sich nicht einmal mehr in die Hosen machen. Vor ihm dieser Höllenhund, hinter ihm der Strand und das weite Meer. Was nun? Er wünschte sich nur noch eins: fliegen. Jetzt fliegen können. Nach oben. Weg. Er kommt. Augen zu. Mein Fell. Keine Flecken. Bitte.

**Kapitel 2**

# Dicke Freunde

*Den Hansen erwisch ich, das ist jetzt mein Ziel.*
*Der soll an die Leine, genug mit dem Spiel!*

Hermann erwachte durch das laute Pfeifen eines vorlauten Austernfischers. Benommen mühte er sich, seine Augen zu öffnen. Ganz langsam. Zuerst das rechte. Er blinzelte in die Sonne. Dann schloss er das Auge schnell wieder. Träumte er? Was ... was war nur passiert? Der Boden fühlte sich warm und weich an. Sand. Jetzt erst hörte er das Meer, das ganz nahe zu sein schien. Das musste der Strand sein! Und dann noch mehr dieser frechen Austernfischer. Vielleicht ein ganzer Schwarm? Lachten die etwa? Es half nichts, er nahm all seinen Mut zusammen und öffnete das linke Auge. Vorsichtig. Ganz langsam. Er sah eine Strandkrabbe, die direkt vor ihm saß und ihn mit ihren unheimlichen Stielaugen anglotzte.

*Strandkrabbe*

Sie schien genauso verwundert zu sein wie er selbst. Ein wenig aufgeregt kam sie ihm vor, denn sie winkte mit ihren Scheren. Als ob sie ihm irgendetwas sagen wollte. Es war verrückt. Oder war er verrückt geworden? Hinter der Strandkrabbe sah er das Meer, nur ein paar Meter entfernt. Ja. Er lag wirklich am Strand. Aber wie war er vom Deich hier runtergekommen? Und warum juckte und zwickte es ihn überall? Sein Fell! Er riss beide Augen weit auf, sprang auf seine vier Beine und schaute an sich herunter. Tatsächlich: Flecken so weit er kucken konnte. Grün vom Gras, braun vom Sand. Farben, viel zu viele Farben, die nicht weiß waren.

„Dieser Köter! Dieser elende Mistköter Hansen!", entfuhr es ihm. Er musste vor ihm weggelaufen sein – an mehr konnte er sich nicht mehr erinnern. Schnell zurück zur Herde auf die andere Seite, dachte er. Bloß weg von diesen Piepmätzen, die sich wohl einen Spaß daraus machten, sein Elend zu begaffen. Weg von der offensichtlich verwirrten Strandkrabbe mit ihren Winke-Winke-Zeichen. Er war sich nicht sicher, was sie alles gesehen hatten, aber seine Verfolgungsjagd mit Hansen war wohl eine Art Unterhaltungsprogramm für alle Tiere um ihn herum gewesen. Und dann auch noch das mit den Flecken. Nicht auszudenken, wie viel Mühe er wieder haben würde, sein Fell ordentlich in Schuss zu bringen. Er schaute noch ein letztes Mal irritiert auf diese „Winke-Krabbe", die weiter unermüdlich wild gestikulierte. Was hatte die nur? Er schüttelte den Kopf und trabte, leicht schwankend, in Richtung Deich davon.

Die Strandkrabbe Ottokar war entsetzt. Sie wurde blass. Das schmutzige Schaf war einfach gegangen. Ottokar musste zusehen, wie seine drei Kumpel Emil, Paul und Gustav auf dem Rücken von Hermann in Richtung Deich verschwanden. Wobei Emil nicht wirklich auf dem Rücken saß, sondern sich mit seinen Scheren in Hermanns Locken festhielt und an dessen Seite wild herumbaumelte. Wie konnte das verfleckte Riesenvieh nicht gemerkt haben, dass sich die drei anderen Strandkrabben im Fell festklammerten? Außerdem hatte er doch eindeutige Zeichen gemacht.

„Chafe gehören, knacks, zu den becheuertsten Tieren, die ich, knacks, kenne", plapperte und knackste er empört mit seinem kleinen Sprachfehler vor sich hin. Ottokar kannte viele Tiere. Schließlich war er zu Lande und im Wasser unterwegs. Ihm war zwar von Anfang an klar, dass die Aktion, dem Schaf mit den Scheren etwas vom weichen Haar abzuschneiden, gefährlich werden könnte. Doch hatten sie alle vier nicht im Traum daran gedacht, dass ein wilder Ritt mit „Chafen" ins Landesinnere der Preis sein würde, den drei von ihnen dafür bezahlen mussten. Schlimm. Ottokar, der sonst immer eine knackige Idee hatte, war etwas überfordert mit der Situation. Zumal er nicht wusste, was wirklich hinter dem Deich war. Unter Strandkrabben hieß es bisher, dass dies das Ende der Welt sein könnte. Wissen konnte man dies aber nicht. Noch nie war eine über diese Grenze hinausgekommen, um von dort zu erzählen. Jetzt fühlte er sich erst recht allein und machte sich ernsthaft Sorgen. Was sollte er tun? Er dachte an seine Freunde, beschloss all seinen Mut zusammenzunehmen und dem Schaf zu folgen. Er konnte Emil, Paul und Gustav doch nicht im Stich lassen. „Haltet aus, knacks!", gluckste er über den Strand, setzte seine acht Beine und zwei Scheren krabbelnd in Bewegung, um seitlich Kurs zu nehmen, dahin, wo vor den vier Jungs noch nie eine Strandkrabbe gewesen war.

...

Inzwischen konnte Hund Hansen die ersten Häuser des kleinen Städtchens sehen. Er grinste immer noch. Hochzufrieden war er mit der heutigen Schafveranstaltung. Erst das große Chaos in der Herde, dann der liebe Hermann, der immer so wunderbar mitmachte. Wie sie zusammen den Deich hoch und runter gerannt waren! Hermann hatte sich sogar extra seinen weißen Pelz für die Aktion eingesaut. „Erfrischend" beschrieb es wohl am besten. Er wusste genau, dass Ole zu seinem Herrchen Jakobson fahren würde, um sich über ihn zu beschweren. Deswegen trottete er schnurstracks zu seinen besten Freunden im Dorf: Jasper und Greet. Die beiden Kinder und ihn als beste Freunde zu bezeichnen war allerdings schwer untertrieben. Zwischen Jasper, Greet und Hansen gab es nicht mal mehr Platz für eine Scholle – und das ist immerhin der platteste Fisch, den die Nordsee zu bieten hatte. Die drei verbrachten am liebsten jede freie Minute miteinander. Sie tobten und kuschelten, gingen auf Entdeckungstouren und teilten eine Menge Geheimnisse.

Somit stand für Hansen auch heute die Tür wieder weit offen, als er um die Ecke bog. „Greet, Hansen ist da!", rief Jasper sofort. Der Hund sprang in seine Arme, sodass Jasper umfiel. „Oh, oh, sag bloß du kommst vom Schafejagen? Ich sehe es dir an. Du kannst es einfach nicht lassen, du Schlawiner, oder?", begrüßte ihn auch Greet. Somit war klar, dass man in den nächsten Stunden um Ole lieber einen großen Bogen machen sollte.

Bei Jasper und Greet hatte Hansen ein zweites Zuhause. Und für die beiden Geschwister war das toll, schließlich waren sie tagsüber nach der Schule meist alleine. Ihre Eltern arbeiteten beide auf dem Fährschiff, dass die Insel mit dem Festland und anderen Inseln verband. So kam es, dass die Kinder oft zu Jakobson und Hansen gingen. Vom Inselfischer lernten sie das Angeln, ließen sich zeigen, wie man gute Knoten knüpfte, Holz bearbeitete und Dinge reparierte. Sie kochten miteinander und erzählten sich die wildesten Geschichten. Das Gute am Inselfischer war: Er wusste immer irgendwie weiter. Und ab und zu durften sie auch mit ihm raus aufs Schiff. Dann hatte jeder seine Aufgaben, was spannend und anstrengend war. Sie liebten es. Jakobson verstand es inzwischen einfach als seine Aufgabe, ein Auge auf Greet und Jasper zu werfen. Auf der kleinen Insel kannte jeder jeden. Hilfsbereitschaft galt hier als etwas Selbstverständliches. Nicht bei allen, Ausnahmen gab es immer. Aber verloren ging hier keiner. So viel war mal sicher. Dafür war die Insel zu klein.

„Habt ihr heute Nacht überhaupt was gefangen, du alter Fischkopp? Oder hast du wieder nur in der Koje gepennt?", fragte Jasper lachend und rollte sich mit dem großen Hund vergnügt auf dem Boden. Sie rangelten und kuschelten, dass es eine Freude war. Greet machte ein paar Fotos von den beiden, ihr Lieblingshobby. Sie fotografierte wie eine Weltmeisterin, sammelte Fotos, bearbeitete sie selbst am Computer, druckte die schönsten aus und hängte damit das kleine Reetdach-Häuschen voll, in dem sie wohnten. Vor allem Tiergesichter hatten es ihr angetan. Von Hansen hatte sie bereits 33 unterschiedliche Gesichtsausdrücke eingefangen, wie sie sagte. Tatsächlich konnte man in ihren Fotos Hansens Gefühle ablesen. Während es also genügend Menschen gab, die behaupteten ein Hund könne nur ein Gesicht machen, zeigte Greet mit ihrer Fotosammlung einen strahlenden Herrn Hansen, einen traurigen, einen lachenden, einen gierigen, einen verdutzten, einen neugierigen, einen sehnsüchtigen – und so weiter. Jakobson fand ihre Fotos so gut, dass er ihr versprach, eines Tages bei ihrer eigenen Ausstellung zu helfen, zu der Menschen kommen würden, die diese Fotos bestaunen und kaufen könnten. Er hatte keinen Zweifel daran, dass Leute für ihre Fotos Geld ausgeben würden. Greet fand das toll, sich vorzustellen, wie sie mit ihrer Fotografie neben dem ganzen Spaß sogar etwas verdienen könnte. War es etwa so einfach einen Beruf fürs Leben zu finden? Jakobson sagte immer: Gerade die Dinge, die einem leicht fallen, die man schon beinahe für selbstverständlich hält, sollte man im Auge behalten. Vielleicht liegt darin das Talent, das einem fürs Leben mitgegeben wurde. Greet faszinierte dieser Gedanke. Und während sie jetzt die beiden spielenden Raufbolde genau beobachtete, hörte sie plötzlich ein aufgeregtes Fahrradklingeln näherkommen. Zuerst dachte sie sich nichts dabei, doch Jasper, der das Geräusch auch hörte, reagierte. Er zeigte auf eine Tür und schrie: „Hansen, ab nach hinten! Schnell!"

Herr Hansen verstand Jasper und rannte vor lauter Hektik erstmal Greet um. Jasper lachte frech und lief zum Fenster, während Greet sich bemühte die Orientierung wiederzufinden. Wenn dieser große Hund in Fahrt war, hielt ihn wirklich keiner mehr auf. Sie war aber nicht böse auf ihn, sie liebte die pure Lebenskraft, die in Hansen steckte. Auch wenn das manchmal im Chaos endete. Oder sie eben am Boden. „Verdammt. Ole!", flüsterte Jasper von seinem Platz am Fenster – und versteckte sich hinter dem Vorhang. „Jetzt bloß keine falsche Bewegung. Versteck du dich hinter dem Ofen!", kreischte er aufgeregt zu seiner Schwester. Doch es war zu spät. Ole hatte sie bereits beide gesehen.

## Kapitel 3

# Jakobson

*Die Fische sind hier, die Fische sind weg.*
*Doch der Fischer ist glücklich – meistens – an Deck.*

Es war früh am Morgen, nach einer windigen Regennacht schien die Sonne inzwischen auf die kleine Nordseeinsel. Während in den Straßen der gemütlichen Stadt noch nicht viel los war, tummelten sich am Hafen bereits ein paar Leute rund um das Boot von Jakobson, dem Inselfischer. „Wind mit Regen aus Südwest, der Wettergott hat es heute Nacht gut mit uns gemeint", sagte Jakobson. „Hansen und ich waren ganz schön platt, als wir das Netz einholten und so viel Fisch wie schon lange nicht mehr an Bord hievten." Rike freute sich über die fette Beute des Fischers und zurrte ein Gummiseil um die zwei dicken, mit Fisch beladenen Kisten, die sie auf ihrem wackligen Fahrradanhänger verstaut hatte. Jakobson war die ganze Nacht mit Hansen draußen auf See gewesen. Und während der Hund sofort Richtung Strand abgedampft war, verkaufte er im Hafen vom Kutter aus seinen Fang.

„Jakobson, du bist mein Bester!", sagte die fröhliche Rike. Sie war die Besitzerin des einzigen Einkaufsladens der Insel und immer froh, wenn sie ihre Fischtheke mit frischen Schollen, Seezungen, Kabeljau, Makrelen oder Heringen aus Jakobsons Netz auffüllen konnte.

„Na, jetzt übertreib mal nicht!", knurrte Erik rüber zu Rike.

„Wenn er nicht immer die besten Fische an dich verkaufen würde, hätte ich auch mehr davon!", grummelte er weiter. Erik war der Wirt der kleinen Hafenkneipe „Zum finsteren Knurrhahn". Er besaß außerdem einen Imbisswagen am Hafen. Für beides konnte er frischen Fisch gut gebrauchen. Nur gab es für ihn und die anderen nicht immer welchen. Jakobson war der einzige Fischer der Insel. Er war darauf angewiesen mit Geschick, aber auch Glück seinen Fang zu machen. Da kam es schon mal vor, dass er mit wenig oder gar keinem Fisch zurückkehrte. Heute war die Lage jedoch sehr erfreulich.

„Moin, Erik, du alter Muschelschubser, für dich habe ich heute auch 'ne Kiste. Fang mir aber bloß nicht an, über den Preis zu verhandeln, sonst marschier ich damit zu Jette, die kann wenigstens kochen."

Erik überhörte Jakobsons Seitenhieb, grunzte zufrieden beim Anblick der Fischkiste und sagte: „Na, wurde auch mal wieder Zeit."

Rike und Jakobson warfen sich einen belustigten Blick zu. Beide wussten, dass man Eriks Gemeckere frühmorgens nicht allzu ernst nehmen durfte. Er war kein begeisterter Frühaufsteher, sondern ein Morgenmuffel wie aus dem Bilderbuch. Alles in allem aber ein guter Kerl. Tagsüber drehte er sogar auf und wurde richtig witzig. Wahrscheinlich stand er einfach jeden Abend viel zu lange in seiner Kneipe, eingehüllt in den Rauch seiner Pfeife, die er wohl nur zum Schlafen aus dem Mund nahm. Jakobson hatte einmal über Erik die Theorie aufgestellt, dass dessen Pfeife im Lauf der Jahre die Mundwinkel immer weiter nach unten ziehen würde, sodass er grimmiger aussah, als er eigentlich war.

„Männer, ich muss gleich den Laden aufmachen. Wie gern würde ich mit euch noch länger schnacken, aber die Kunden wollen einkaufen." So verabschiedete sich Rike und setzte sich aufs Rad. Erik half ihr beim Anfahren, indem er sie die ersten Meter behutsam anschob.

„Danke, du lieber Knurrhahn, tschüss zusammen", rief sie, klingelte zum Abschied und radelte davon. Erik schaute ihr etwas verträumt nach, dann gab er Jakobson das Geld für die Fische.

„Manchmal glaube ich ja, du kommst nur zu mir, um Rike hier frühmorgens schon zu treffen, Erik", neckte ihn Jakobson.

„Pass du mal lieber auf deine Fische auf, dann hast du genug zu tun", meckerte Pfeifen-Erik und ging mit seiner Kiste die paar Schritte hinüber zu seiner Hafenkneipe.

Jakobson lächelte ihm hinterher und rieb sich zufrieden seinen blonden Vollbart. Heute war ein guter Tag, er hatte einen guten Fang nach Hause gebracht und bereits allen Fisch verkauft. Bis auf zwei Kisten, die er, wie immer, wenn so viel da war, nachher auf dem Nachhauseweg selbst auslieferte – und die erstmal noch für eine Stunde an Bord auf Eis lagen, damit der Fisch schön frisch blieb. Jetzt wollte er klar Schiff machen, also die Ordnung auf seinem Kutter wiederherstellen. Die Behörden nannten sein Boot „LHK 37", er lieber „Wellenbeißer". Ein Walmaul mit schönen weißen Beißerchen hatte er auf den Bug gemalt, das war genau sein Humor. Ihn kümmerte es nicht, was die Leute darüber dachten, er nahm das Leben gerne mit einem Lächeln. Mit diesem kleinen, starken Schiff verband ihn eine ganz besondere Liebe. Zusammen waren sie schon durch die raueste See mit den dicksten Stürmen gefahren. Vieles auf dem Kutter hatte Jakobson selbst gebaut, verbessert oder inzwischen zigfach repariert. „Auf das Boot ist Verlass", sagte er oft. Wellenbeißer hatte ihn noch nie im Stich gelassen. Was nicht hieß, dass der Kutter keine Macken hatte. „Das Boot ist auch nur ein Mensch", war sein zweiter Lieblingssatz und stellte damit klar, dass auch Schiffe mal schlechte Tage haben können.

Jakobson nahm sich am Ende einer Fischfangtour immer Zeit, um sein Boot wieder auf Vordermann zu bringen, auch wenn er dann morgens schon viele Stunden Arbeit auf dem Buckel hatte. Er mochte es ordentlich – und so eine Nacht auf See brachte dann doch so einiges durcheinander. Leider verschwand der grobe Dreck aber nicht von allein, so galt das Motto: „Wat mutt, dat mutt", was sein muss, das muss also sein. Er nutzte diese Aufräum-Zeit zum Nachdenken, was die letzten Stunden alles passiert war – und genoss es, dass inzwischen die Sonne strahlte, während ihm heute Nacht der Regen viele Fische eingebracht hatte.

Das Wetter an der Nordsee war seit jeher das abwechslungsreichste, das man sich nur vorstellen konnte. Innerhalb von nur einer Stunde konnte man Sonne, Wolken, Regen und Sturm erleben. Die Insulaner kannten das gar nicht anders. Das war hier einfach so. Nur die Feriengäste, die sich vor allem im Sommer auf der Insel einfanden, konnte man immer wieder dabei erwischen, wie sie mit dem Wetter kämpften. Am lustigsten fand Jakobson diejenigen, die sich mit Regenschirm gegen einen stürmischen Nordseeregen schützen wollten. Die „Touristendrachen" nannte Jakobson Regenschirme, die von einer kräftigen nordischen Windböe erfasst und wie ein Drachen in den Himmel geblasen wurden. Zehn Punkte gab er sich dafür, wenn er so etwas beobachtete – denn er liebte es, Menschen und Tieren zuzuschauen und sich dabei ein paar Sachen auszudenken. Fünf Punkte gab es für Regenschirme, die vom Wind komplett umgeklappt wurden, deren Besitzer es aber schafften, sie mit aller Kraft festzuhalten. Vier Punkte gab er sich, wenn er Menschen sah, die sich aneinander festhielten und sich so stark gegen den Wind lehnten, dass sie fast schon lagen. Drei gab es noch für im Watt steckengebliebene Schuhe, zwei für vom Wind weggewehte Mützen aller Art und immerhin noch einen Punkt für all die, die einen Regenschirm dabei hatten, ihn aber wegen des Windes trotz Regens nicht aufmachten. Dass Rike mit dem Verkauf von Regenschirmen auf der Insel ein gutes Geschäft machte, brachte ihn jedes Mal wieder zum Grinsen. 47 Punkte hatte Jakobson in diesem Jahr schon sammeln können. Jetzt, im September, neigte sich die Feriensaison jedoch dem Ende zu. Ob er seinen Rekord von 52 Punkten noch erreichte? Es blieb spannend – und es machte ihm einfach Spaß.

Während er schmunzelnd an die besten Regenschirmmomente der letzten Zeit dachte, flog plötzlich Frau Störtebeker ein und setze sich wie immer auf das Ruderhaus, von wo aus sie den besten Überblick hatte. „Na, Störti, heute bist du ja mal mächtig spät dran", begrüßte Jakobson die Möwe, die ihn wild ankrächzte. Er hatte sie als jungen Vogel aus einer misslichen Lage befreit, verarztet und wieder aufgepäppelt. Jakobson hatte ihr den Namen des alten Freibeuterkapitäns Störtebeker gegeben. Vor vielen hundert Jahren war Klaus Störtebeker ein

Seeräuber, der es zu einiger Berühmtheit gebracht hatte, und um den sich die wildesten Geschichten ranken. Er war so bekannt, dass es im Norden bis heute ihm zu Ehren Feste und Denkmäler gibt. Jakobsons Möwe trug ihren Namen aus guten Gründen. Sie glänzte durch Überfälle auf ahnungslose Feriengäste, um deren Fischbrötchen zu erbeuten oder stibitzte Fische aus Jakobsons Netz. Auch wenn sie also einen schwierigen Charakter hatte, Jakobson hatte sie in sein Herz geschlossen. Er freute sich, dass sie ihn immer wieder aufsuchte, ob draußen auf See oder hier an Land. Sie kam aber nicht nur um zu klauen, wie die anderen Möwen. Manchmal setzte sie sich neben ihn hin und kuckte ihn einfach an. Diese Unberechenbarkeit faszinierte ihn. Sie war weder planbar noch wirklich zahm. Ein stolzer Vogel war sie geworden, eine riesige Silbermöwe mit einem kleinen roten Punkt auf dem großen gelben Schnabel. Hinreißend schön, ihre klaren Augen, der weiße Hals, die blaugrauen Flügelfedern und die schwarzen Pinselstriche am Flügelrand. Sie nahm sich, was sie konnte, und flog, wohin sie wollte. Welch freier Geist, dachte Jakobson oft. Wie schön musste es sein, fliegen zu können. Zu pendeln zwischen Luft und Land, Schwimmen im Meer, Segeln in der Luft, Sitzen an Land. Unzähmbar. Freiheit. Natur pur. Jakobson und Möwe „Störti" Störtebeker schätzten sich gegenseitig. Wenn auch aus völlig unterschiedlichen Gründen. Um heute etwas zu ergaunern, war Störti aber tatsächlich zu spät dran. Jakobson zurrte noch ein paar Leinen fest, zog sein Ölzeug aus, was ihn an Bord vor Wasser und Dreck schützte und tauschte es gegen ein paar gemütliche Klamotten. Seine für ihn so typische dunkelblaue Wollmütze ließ er auf. Es konnte so heiß oder nass werden, wie es wollte, Jakobson trug die Mütze immer. Er nahm seinen Rucksack und belud seinen Fahrradanhänger mit den zwei Kisten voller prächtiger Fische. Diese Lieferung war für Jette, deren Restaurant „Alter Pedersen" auf seinem Heimweg lag. Jette schlief bestimmt noch, sie bekochte und bewirtete ihre Inselgäste oft bis in die späte Nacht hinein. Dafür gönnte sie sich eine extra Runde Schlaf am Morgen.

Jakobson klopfte zum Abschied dreimal auf die Schiffswand seines Kutters, so liebevoll, wie er es immer machte. Er flüsterte dem Boot dabei etwas zu. Allen Insulanern war das bekannt, aber niemand wusste, was er sagte. Jakobson sprach auch mit den Tieren. Für ihn war das völlig normal. Er hinterfragte das nicht, denn sein Schiff und die Tiere um ihn herum hatten für ihn eine große Bedeutung. Warum sollte er dann also nicht mit allen reden? Er stieg auf sein Fahrrad und radelte fröhlich pfeifend los.

## Kapitel 4

# Strandkrabbenhelden

*Ich hau dir gleich eine, du hungrige Möwe.*
*Ich zeig dir die Zähne, als wär ich ein Löwe.*

Der Deich war steil, doch die Strandkrabbe hatte den Vorteil der acht Beine und zwei Scheren. Viel besser als jeder Vierbeiner konnte Ottokar über Sand und Gras krabbeln. Wie ein wendiger Roboter verfolgte er die frischen Spuren von Hermann, dem Schaf. Paul, Emil und Gustav brauchten seine Hilfe. Es ging jetzt um Zeit, denn Strandkrabben brauchen Wasser zum Atmen. Wie die Fische holen sie sich den Sauerstoff aus dem kühlen Nass. Eine Weile konnten er und seine Freunde auch an der Luft überleben – aber zu lange vom Meer entfernt zu sein, war sicher keine gute Idee. Hoffentlich war das verrückte weiße Schaf nicht zu weit davongerannt, dachte er noch bei sich, als er um ein dickes Grasbüschel herumkrebste und auf einmal direkt vor Emil stand. Sein Kumpel lag auf dem Rücken und schimpfte furchtbar.

„Gnagnagna, da bist du ja endlich, Ottokar. Dreh mich um, Mann!", keifte er. Er war richtig sauer.

„Emil, knacks, wie chön, bin ich froh! Bist du etwa mutig vom Weißpelz heruntergesprungen?"

„Gnaaaa, Quatsch, ich wollte mich gerade zu den anderen hochziehen, als das Riesenvieh einen seiner verrückten Sätze gemacht hat. Da konnte ich mich nicht mehr halten. Ich

bin ziemlich elegant geflogen. Gnaaa, aber der ist total be-
knackt. Ich glaube, der ist völlig durchgedreht", antwortete
Emil. „Jetzt steh nicht so rum und hilf mir, mich umzudrehen!"
Ottokar zögerte nicht lange und versetzte Emil einen festen
Schlag mit seiner mächtigen linken Schere auf dessen Hinter-
teil. Emil schleuderte mit einem großen Satz nicht nur auf
seinen Bauch zurück, sondern fing an, den Deich hinunter-
zukullern. „Gnaaaaa, Mann, Ottokar, reichlich übertrieben",
beschwerte er sich, nachdem er nach vier Purzelbäumen an
einem Grasbüschel hängenblieb. Er pustete den Sand aus seinem knöchrigen Gesicht, rieb sich die Stielaugen frei, meckerte noch etwas Unverständliches und krabbelte zu Ottokar.
„Los geht´s, gnaaa, weiter, weiter, wir müssen Paul und Gustav finden!", rief er laut. Doch als Ottokar gerade wieder so
richtig in Fahrt kam, flog Emil auf einmal an ihm vorbei. Im
Schnabel einer großen Silbermöwe, die ihn wohl zum Frühstück ausgewählt hatte.

*Silbermöwe*

„Gnaaaaa, nicht das auch noch!", schimpfte Emil, der seine plötzliche und unerwünschte Mitfluggelegenheit nicht fassen konnte.

„Neeeiiin!", schrie Ottokar. Doch was jetzt folgte, war für die Möwe mindestens so erstaunlich wie schmerzhaft: Emil fing an, mit seinen Scheren auf den Schnabel der Möwe einzuhauen, wie er es von seinen Eltern damals, in früher Kindheit gelernt hatte. Die Möwe hatte ja nicht ahnen können, dass Emil einer sehr wehrhaften Familie entstammte, die sich irgendwann, aus reinem Überlebensdrang darauf spezialisiert hatte sich Selbstverteidigungstechniken gegen große Fische und räuberische Möwen anzueignen. Uropa Uwe hatte das als erste nordfriesische Strandkrabbe mit Erfolg angefangen. Er hatte eine gefräßige Möwe so dermaßen verdroschen, dass diese entsetzt den Schnabel aufriss, so wie man es auch von den Menschen kennt, wenn sie erstaunt den Mund nicht mehr zu bekommen. Und genau das war die einzige Chance der Krabben: Möwenschnabel auf – Krabbe raus. Aber zackig. Der dafür nötige Sprung aus schwindelerregender Höhe war dann egal. Ins Wasser zu fallen war ungefährlich und der Boden auf der Insel sowieso meist sandweich. Und außerdem – hallo? –, ging es ums Prinzip. Wollte man sich tatsächlich von einer dieser Möwen als Frühstück fressen lassen? Bestimmt nicht. Dann doch lieber eine Flugstunde nehmen, soviel stand mal fest. Uropa Uwes Kampfkunst für Fortgeschrittene beinhaltete jedoch noch ein sehr entscheidendes Detail: Wenn sich die Gelegenheit bot, so empfahl es einst Klopper-Uwe, sollte die Strandkrabbe der Möwe nach dem Absprung im freien Fall die Scheren entgegenstrecken. Als Drohung, das nie wieder zu tun. Man musste die Biester ja irgendwie erziehen. Emil wusste somit, was jetzt zu tun war. Zudem hatte er sich gemerkt, dass Silbermöwen freundlicherweise einen roten Punkt auf der Unterseite des Schnabels haben. Ja, wirklich! Genau dort, wo er draufhauen musste. Es dauerte nur eine kurze Zeit, bis die Möwe völlig verdutzt ihren Schnabel öffnete und Prügel-Emil in einer gekonnten Bewegung heraussprang, ihr zum Abschied die Scheren zeigte und zu Boden fiel. Dass er dabei noch laut schrie: „Gnaaaa, du spinnst wohl, was? Sag all deinen Freunden, das mit dem Krabbenfressen ist für immer vorbei!" Das war sein persönlicher Gruß an die Möwe und das ganze Federviehpack.

Ottokar war begeistert. Er hatte zwar schon oft gehört, dass es in Emils Familie etwas rauer zuging als anderswo, aber dass man Kampfkünste zum Möwenverkloppen nutzen konnte, das war ihm neu. Es gefiel ihm sehr, was er gesehen hatte und er war mächtig stolz auf seinen starken Freund.

„Knacks, Emil, Junge, das war vielleicht mal gut. Ich wusste ja nicht ..."

„Gnaaa, danke, Ottokar, jetzt hilf mir mich umzudrehen" – er lag schon wieder auf dem Rücken. Heute war ein ziemlich schwerer Tag für ihn.

Gesagt, getan, Ottokar half seinem Freund erneut auf die zahlreichen Beine und schon waren sie dabei, den Deich hinaufzuwuseln. Aus der Sicht zweier Krabben war er ein riesiger Berg. Das Meer rückte immer weiter weg. Aber sie hatten die richtige Portion Mut dabei und wirklich weit war es nicht mehr bis ganz oben. Von dort würden die beiden endlich sehen, was hinter dem Deich lag.

Schaf Hermann erlebte inzwischen ebenso Aufregendes. Mit einem rasanten Sprint war er zum Deich gerannt, die ganze Zeit von einem unangenehmen Jucken verfolgt. Zwischendurch hatte er einmal das Gefühl, dass kräftiges Schütteln etwas Erleichterung verschaffte, aber ganz weg ging das Jucken nicht. Oben auf dem Deich angelangt, sah er seine Herde und hörte ein aufgeregtes Gequassel. Einige Schafe gaben sich dem Stressfressen hin, die meisten jedoch verarbeiteten Hansens Überraschungsangriff durch sehr intensive und auch sehr beruhigende Gespräche, wie etwa dieses hier:

„Dieter, wie du dich dem Monster entgegengestellt hast, ich bewundere einfach deinen Mut!" So mähte es Gerda an ihren Liebsten heraus, während der leicht rot im gestressten Gesicht wurde. Er war kein bisschen mutiger als alle anderen, aber Dieter genoss es sichtlich, von Gerda grenzenlos verehrt und dabei so himmlisch überschätzt zu werden.

Karl-Ludwig, ein schwarzhaariger Prachtkerl, das einzige Schaf, das aus dem Süden stammte, verlor die Beherrschung: „Wenn Ole nicht endlich versteht, dass wir einen Schäferhund brauchen, der uns beschützt, werden wir hier eines Tages alle noch am Herzinfarkt draufgehen!" Und mit aller Kraft brüllte er hinterher: „Wir werden alle sterben!"

Die Herde verstummte. Mucksmäuschenstill wurde es auf der Wiese. Man hätte zwei Strandkrabben durchs Gras schleichen hören können, so still war es. Doch noch waren keine da.

Und da von Schäfer Ole nichts zu sehen war, schritt Leitschaf Molly ein und versuchte die Gemüter zu beruhigen: „Karl-Ludwig, ich habe dir schon x Mal gesagt, dass dein südländisches Temperament in solchen Krisen fehl am Platz ist. Erinnere dich bitte daran, was ich dir über die nordische Gelassenheit erzählt habe", sagte sie in einem freundlichen aber bestimmten Ton. Auf die Herde hatte Chef-Schaf Molly stets eine beruhigende Wirkung. Die Gruppe zeigte sich sehr zufrieden, dass sie den ewigen Schwarzmaler zurechtwies. Die Lockenköpfe atmeten erleichtert durch. So lange Molly bei ihnen war, würde man keine Sorgen haben müssen.

„Gelassenheit!", brüllte Dieter spontan heraus. Ein wenig laut und sehr unpassend, da er eigentlich nicht so der Brüller war. Gerda verzückte das nur noch mehr. Sie himmelte ihn stolz an, als wäre er der Herr General persönlich.

Ausgerechnet Karl-Ludwig war es, der Hermann zuerst erblickte. Hermann war so froh, dass er endlich zurück bei der Herde war. Er war bereit, seinen kompletten Kummer abzuladen und von Molly und der Gruppe ein wenig Trost zu erhalten. Er stellte sich neben Molly.

Doch bevor er auch nur ein Wort sagen konnte, schrie Karl-Ludwig, der Fische und Krebse nicht ausstehen konnte, aus voller Schafsbrust: „Krabbenalarm! KRABBENALAAARM!", drehte sich auf der Stelle um und fing an, zu rennen. Von wegen Gelassenheit. Jetzt also wieder Panik. Alle Schafe rissen die Augen weit auf, starrten auf die zwei in Hermanns Fell herumhängenden Strandkrabben. Gerda schrie noch ein: „O mein Gott, sie kommen zu uns über den Deich!" und rannte, ziemlich schnell für ein Schaf, in Richtung Dieter, der sich diesmal der Gefahr genauso wenig stellte wie kurz zuvor bei Hansens Spaßattacke.

Alle rannten sie kreuz und quer durcheinander. Nur der arme Hermann verstand überhaupt nichts mehr. Er drehte sich um, weil alle in seine Richtung gestarrt hatten, als wären hinter ihm eine Million Krabben auf dem Vormarsch. Er erschrak alleine bei dieser Vorstellung, doch – da war nichts. Er sah nicht eine einzige Strandkrabbe.

Da sprach Molly zu ihm, ganz sanft: „Hermann, du bist mir ja einer, bleib mal ruhig stehen." Mit zwei liebevollen Schubsern beförderte sie die erschöpften Mitfahrer aus seinem Fell in die Wiese.

Hermann sprang erschrocken zur Seite, doch Molly fing an zu lachen, so komisch fand sie es, dass zwei Strandkrabben als „blinde Passagiere" mit ihm über den Deich gekommen waren. Hermann konnte nicht anders und fing ebenfalls an zu lachen. Jetzt wurde ihm auch klar, was ihn die ganze Zeit so gejuckt hatte. Meine Güte, was für einen Zirkus er heute Vormittag schon erlebt hatte! Er ging auf Molly zu und sagte: „Molly, du bist großartig, ich danke dir. Kannst du mir noch helfen den Schmutz aus meinem Fell zu bekommen? Ich bin ganz ratlos, wie ich das wieder schön weiß kriegen soll!"

„Na klar", sagte Molly, „wir kriegen dich schon wieder hin!" Was dann folgte, hat bis heute noch nie ein Mensch beobachten können: Nachdem sich die Herde beruhigt hatte, kommandierte Molly ihre Schafe so lange herum, bis sich zwei lange Reihen gebildet hatten. Nach einem lauten Startsignal liefen die Schafe eng an Hermann vorbei. Die eine Reihe links von ihm, die andere im Gleichschritt rechts. Mit jedem Schaf, das sich an ihm vorbeidrückte, war etwas weniger Dreck auf seinem Fell sichtbar. Lange, bevor Menschen also die Autowaschanlage erfanden, hatten Schafe angefangen, sich auf eine ganz ähnliche Weise zu reinigen.

Die ehemals entführten Strandkrabben Paul und Gustav waren da schon lange weg. Sie hatten keine Sekunde gezögert und rannten, was das Zeug hielt, auf den Deich zu in Richtung Meer. Emil und Ottokar konnten ihr Glück kaum fassen, als sie, oben angekommen, ihre zwei Freunde in Empfang nehmen konnten. „Nichts, glucks, wie weg hier!", schrie Gustav freudig. Er rannte voraus und die drei anderen so schnell sie konnten hinterher. In null Komma nichts erreichten sie das Meer.

Und während die vier Freunde gerade die letzten Schritte ins Wasser machten, konnte man eine Strandkrabbe am Himmel sehen, die mit erhobenen Scheren elegant in die Nordsee fiel. Ein weiterer Schüler von Uropa Uwe hatte sich soeben retten können.

## Kapitel 5

# In Sicherheit bei Nele

*Mein Licht ist lauter als jeder Schrei,*
*mein Turm ist ein Retter und hier bin ich frei.*

„Da ist ja auch Karl-Ludwig!", rief Schäfer Ole begeistert. Er konnte sich nicht sattsehen an all den schönen Fotos, die Greet ihm zeigte. Als sie und ihr Bruder gemerkt hatten, dass sie sich vor Ole nicht verstecken konnten, hatten sie ihn hereingebeten. Er war natürlich auf der Suche nach Hansen, um dem Hund das Fell über die Ohren zu ziehen.

Greet hatte jedoch einen genialen Einfall: „Ole, Mensch, gut, dass du vorbeikommst. Schau mal was ich hier für dich habe", war ihre Einladung an den verdutzten Schäfer, noch bevor dieser wütend nach Hansen fragen konnte. Dann gab sie ihr Bestes, um ihn abzulenken – mit vollem Erfolg. Sie war sehr geschickt und Jasper atmete erleichtert auf. Während sich der Schäfer durch Greets Fotosammlung wühlte, vergaß er für den Moment, weshalb er eigentlich gekommen war. Er fand es großartig, seine Schäfchen in der Sonne, bei Regen, bei Wind und jedem Wetter auf Bildern zu sehen. Zwischen Ole und Greet entwickelte sich ein herzliches Miteinander. Nachdem sie alle Schafbilder angekuckt hatten, wechselten sie zu den vielen schönen Pflanzenfotografien, die Greet zu bieten hatte. Als Schäfer kannte sich Ole gut mit Pflanzen aus und wusste wie kaum ein anderer, ein Silbergras von einem Strandhafer zu unterscheiden. Greet begriff erstmals, dass Ole weit mehr war, als der Mensch auf der Insel, der auf die Schafe aufpasste. Er begann, ihr zu erklären, wie wichtig diese beiden Pflanzen waren, die im ersten Moment einfach nur wie Gras aussahen. Mit ihren starken Wurzeln sorgten sie dafür, dass die Deiche stabil blieben. Und die Deiche schützten die Menschen und Landtiere vor den großen Fluten des Meeres.

„Wie nützlich, ich hatte ja keine Ahnung!", sagte Greet und wusste, dass sie ab diesem Tag Gras nicht einfach nur als Gras sehen würde. Sie vergaß immer mehr, dass sie Ole ursprünglich nur ablenken wollte. Die beiden vertieften sich in ein Gespräch über die Natur und ihre Besonderheiten. Jasper schlich inzwischen auf leisen Sohlen durchs ganze Haus. Er hatte sich darangemacht, das ein oder andere Bild von Hansen abzuhängen. Ole sollte sich nicht zu früh an den Kraftbolzen erinnern, der die Angewohnheit hatte, seine geliebten Schafe durcheinanderzuwirbeln. Doch diese Arbeit hätte er sich sparen können. Denn Greet machte mit einem unvorsichtigen Satz alles zunichte: „Ich finde es immer wieder faszinierend, wie weiß Hermann doch ist", hörte sie sich auf einmal selbst sagen. Sie merkte, noch während sie den Satz aussprach, dass er ein Fehler war. Jasper, der um eine Ecke herum dem Gespräch lauschte, verdrehte die Augen. Und Ole konnte man direkt ansehen, wie ihm der eigentliche Zweck seines Besuchs wieder einfiel. Weil Hermann nicht mehr so schön weiß war und warum, erinnerte er sich: Hansen! Mit einem Ruck stand er auf, sodass Greet vor Schreck ein Stückchen von ihrem Stuhl hochhüpfte. Er schaute Greet mit einem grimmigen Blick an und fragte: „Sag mal, dieser Hansen war ..." Doch weiter kam er nicht.

Jasper rief nervös und sehr laut: „Greeeet? Telefooon!". Nicht nur, dass das Telefon gar nicht geklingelt hatte, er rief sehr laut, obwohl er nur um die Zimmerecke herum stand. Sehr auffällig.

Ole begriff, was hier vor sich ging. „Ihr Bengel, habt ihr den alten Hansen beschützt, was?" Erst ärgerte er sich, dann kam ein Grinsen auf seinem Gesicht durch, denn letztlich fand er es ja niedlich, was die beiden machten. Er klopfte ihnen anerkennend auf die Schulter. Für Jasper so überraschend, dass ihm die eingesammelten Fotos aus der Hand fielen. Vor Ole lagen nun 64 Fotos von Hansen auf dem Boden. Hansen in allen Lebenslagen, Hansen zart lächelnd, wild bellend bis breit grinsend, sehr wahrscheinlich nach einer der Schafüberfälle. Das war dann doch zu viel für den Schäfer. Er begann, sich erneut über den Hund zu ärgern, und wurde rot im Gesicht. Deshalb versetzte er Jasper einen kleinen Klaps auf den Hintern, griff nach seiner alten Mütze und stiefelte wütend zur Tür hinaus. „Ich finde ihn schon!", rief er noch, hob den Zeigefinger in die Höhe und – zack – saß er schon wieder auf seinem Fahrrad. Seine Suche ging weiter, er würde ihn finden und Jakobson zur Rede stellen. Ole war fest entschlossen. Niemand würde ihn jetzt mehr aufhalten.

...

Der flüchtige Herr Hansen hatte sich inzwischen einen komfortablen Vorsprung verschafft. Er hatte die Hintertür aus dem Häuschen genommen und war davongetrottet, auch wenn er gern noch länger mit den beiden Kindern gespielt hätte. Er nahm den Weg durch den kleinen Wald hinter der Stadt. Dieser Wald war eine echte Besonderheit. Keine der benachbarten Inseln hatte einen Wald, zumindest nicht genügend Bäume nebeneinander, um so genannt werden zu können. Doch auf dieser Insel hatten sich ein paar Bewohner in den Kopf gesetzt, einem Wald auf die Sprünge zu helfen, und hatten Bäume gepflanzt. Viele Bäume. Das war vor langer Zeit gewesen. Hier oben im rauen Klima wuchsen Bäume sehr langsam und oft auch sehr krumm, weil der Wind sehr fleißig pfiff. Inzwischen stand hier ein stolzer Wald, eine Mischung aus Nadel- und Laubbäumen. Zahlreiche Tier- und Pflanzenarten fanden das ziemlich toll. Auch die Menschen kamen hier ab und zu für Spaziergänge oder ein Picknick hin. Eine feine Abwechslung zum Strandbesuch.

Für Jakobson und Hansen war der Wald Teil des Arbeitsweges. Jakobsons Haus lag im Norden der Insel. Um zum Hafen zu kommen, mussten sie durch den Wald. Der Fischer hätte es viel einfacher haben und in der Stadt am Hafen leben können. Doch er sah in seinem Häuschen im Norden, fernab vom Trubel, sein Zuhause. Und der Weg durch den Wald war ihm alles andere als lästig. Er liebte den Duft der Bäume als Kontrast zur salzigen Meeresbrise. Er genoss diesen Weg. Meistens. „Einen Stau bei der Fahrt zur Arbeit hatte ich jedenfalls noch nie!", scherzte er gern. Üblicherweise nahm der Fischer für den Weg das Fahrrad, während Hansen seiner Kraft freien Lauf lassen konnte und neben, vor und hinter ihm her rannte. Der bärtige Hund kannte somit jeden Stein, der hier lag und jeden Baum, der hier wuchs.

Hansen war auf dem Weg zum einzigen Leuchtturm der Insel. Der Turm war mehr als 100 Jahre alt und lag ebenfalls an der Nordküste. Rot-weiß gestreift mit einem dunklen Dach stand er oben auf einem Kliff. Er war bestimmt nicht der größte Leuchtturm, den die Welt je gesehen hatte, aber mit Sicherheit einer der schönsten. Mit seinen abgerundeten Fenstern, einer Aussichtsplattform und seiner eher kurzen Gestalt wirkte er wie aus einem Bilderbuch. So verspielt, wie er aussah, stand er vor allem irgendwie tapfer auf seinem Felsen und erledigte brav seinen Dienst. Ein Ort, an dem man am liebsten wohnen würde. Nele, eine hochgewachsene Frau mit langen blonden Haaren, hatte wohl genau diese Gedanken, als sie sich vor ein paar Jahren dieses Leuchtturms angenommen hatte. Dieser wurde zwar eigentlich nicht mehr gebraucht, aber sie ließ sich davon nicht abbringen und überzeugte den Bürgermeister, den Leuchtturm in Betrieb zu lassen. Viele Jahrzehnte lang war der Turm von den Schiffen benötigt worden, um sich an seinem Licht zu orientieren, nicht an den Klippen zu zerschellen und wieder nach Hause zu finden. Heute hatten alle Schiffe Computer an Bord, die mit Hilfe von Satelliten genau bestimmen konnten, wo sie sind. Nele war das piepegal. Für sie bedeutete dieser Leuchtturm viel mehr. Sie liebte ihn und ließ ihn jede Nacht mit seinem Licht aufs Meer leuchten. „Wenn ich auch nur einem Kapitän helfen kann, sich zurechtzufinden, dann ist meine Aufgabe ja schon mit Sinn erfüllt", sagte sie gern. „Und außerdem gehört der Leuchtturm fest zu dieser Insel. Jeder da draußen soll ihn sehen. Ich schicke mein Licht von unserer Insel ab, es strahlt über viele, viele Kilometer weit aufs Meer hinaus. Für mich ist dieses Licht so etwas wie ein Hallo an alle, die da draußen auf Schiffen arbeiten müssen, oder Reisende, die unterwegs sind. Ein Ruf vom Land aufs Meer. Von dort, wohin alle wieder irgendwann zurückkehren wollen." Nele und ihr Leuchtturm waren die Verbindung zwischen Meer und Land. Sie war der Ruhepol, der Fixstern, das Beständige, das, worauf man sich verlassen konnte. Wie auf das Licht, das jeden Abend zuverlässig leuchtete.

Nele war Jakobsons beste Freundin, eine blitzgescheite und gestandene Frau, der niemals langweilig wurde. Auch sie genoss das Leben außerhalb der Stadt. Entweder kümmerte sie sich hier um den alten Leuchtturm oder sie war mit ihrem Bauernhof beschäftigt. Das alte weiß gestrichene Haus lag direkt neben dem Turm. Ein dickes Reetdach ließ es aussehen wie aus einem Märchen. Seit vielen hundert Jahren benutzte man im Norden getrocknete Schilfrohre, das so genannte Reet, um damit Dächer zu decken. Hier wohnte sie und vermietete zwei gemütliche Ferienwohnungen an Inselgäste. Rund um ihren kleinen Bauernhof hielt sie ein paar Gänse, Hühner und Enten. Aber mit Abstand am bekanntesten war Nele für ihre Kartoffeln. Was als kleines Hobby begonnen hatte, füllte inzwischen einen stolzen Acker. Sie baute so viele Kartoffeln an, dass nahezu alle Insulaner bei ihr einkauften. Sie liebte es, den Acker zu bestellen, sie war mit einem Tag erst zufrieden, wenn ihre Hände so richtig dreckig waren. Das, was für Jakobson das Meer und die Wellen waren, war für Nele das Land und die Erde. Jakobson war ein großer Bewunderer von Nele und ein Fan ihrer Kartoffeln – passten sie doch so perfekt zu allen seinen Fischgerichten.

„Hansen, du Süßer!", grüßte Nele herzlich. Nur das Schnattern der Gänse war aufgeregter als der Hund in diesem Moment. Nele mit ihrem Bauernhof und dem Leuchtturm war für Hansen ein weiteres Stück Heimat. Ein Ort, der gut zu ihm war. Oft war er auch ohne Jakobson hier, verbrachte Zeit mit Nele und wurde von ihr mit Streicheleinheiten und extra Mahlzeiten verwöhnt. Er legte sich nach einer kleinen Schnupperrunde auch heute, wie so oft, vor den Leuchtturm und kuckte von der Klippe hinunter auf das Meer. Er genoss dann den Überblick, den man von hier oben hatte, und den Frieden, den der Anblick der Weite des Meeres mit sich brachte. Hier oben, stellte er für sich fest, gab es nie Aufregung. Obwohl, doch, diese Gänse, die waren nervig! Hansen wusste genau, dass mit ihnen nicht zu spaßen war, und hatte frühzeitig alle Jagdgedanken rund um Neles Bauernhof aufgegeben. Das Federvieh konnte sehr ungemütlich werden und war so ungefähr das Gegenteil von Schafen. Gänse waren wie Wachhunde mit Federn. Warum hielt sich Ole nicht ein paar davon, wenn er schon keinen Schäferhund hatte? Hansen dachte noch ein Weilchen über „Schäfergänse" nach. Wie gut, dass Ole diesen Einfall nicht hatte. Er schmatzte zufrieden und schlief, gestreichelt von Nele, nach all der morgendlichen Aufregung entspannt ein.

## Kapitel 6

# Jagdfieber

*Die Räuber, sie denken, sie sind sehr gewitzt.*
*Doch Knut ist zur Stelle, das läuft wie geritzt.*

„Das MÜSSEN SIE sein!", knurrte Knut, der mehrere Minuten lang aufgeregt von der Hafenmauer durch sein Fernglas aufs Meer starrte. „Das habt IHR euch so gedacht! Aber da habt ihr die Rechnung ohne den guten KNUT gemacht", sprach er vor sich hin.

Er kaute aufgeregt, wie immer, wenn er angespannt war. Als ob er einen Kaugummi in seinem Mund herumschob, bewegten sich Unterkiefer und Backen in einer Tour. Jakobson meinte einmal, das erinnere ihn an eine Katze, die eine Maus oder einen Vogel beobachtet und dann ebenso anfängt, Kau- und Beißbewegungen zu machen – irre, wenn man das mal gesehen hat. Wie eine Vorfreude, dass es gleich Essen gibt. Nur dass Knut weder eine Katze war, noch dass er ein Essen durchs Fernglas sah. Der gemeinsame Ursprung dieses Verhaltens war jedoch eindeutig: Jagdtrieb.

Knut, eine Bohnenstange von Mann, war Inselpolizist mit schütterem, blondem Haar, zuständig für die Sicherheit an Land und im Wasser drumherum. Er war erfüllt davon, zu helfen und das Böse in seiner überschaubaren Welt zu entlarven. Diebe zu jagen, zu verfolgen, zu erwischen, mit seinen großen Händen zu packen, aus dem Wasser zu hieven und dorthin zu bringen, wo sie hingehören: vor den Richter, ins Gefängnis, aufs Festland, dahin wo der Pfeffer wächst. Seine Mission: Die Welt ein Stück besser machen. Dass es auf der Insel schon seit Urzeiten keine spektakulären Verbrechen mehr gegeben hatte, störte ihn nicht – im Gegenteil, er sah das als Beweis für seinen Einsatz. Zusammen mit seiner Kollegin Svea fuhr er regelmäßig Patrouille rund um die Nordseeinsel auf ihrem kleinen, aber schnellen Boot, das weithin bekannt war unter dem Namen „Makrele 11". Wo immer es etwas zu inspizieren gab, wo etwas umherschwamm, was da nicht hingehörte, Makrele 11 samt Besatzung war zur Stelle. Knut liebte Makrelen, ein schneller, hübscher Fisch der Nordsee, mit Tigermuster auf dem Rücken. Mit Jakobson angelte er ab und zu nach Feierabend welche, von der Hafenmauer oder vom Schiff aus.

*Makrele*

„SVEA! Mach das BOOT klar!", schrie er aus voller Lunge in Richtung seines Schiffes. Er sprach oft in großen Buchstaben. Er schrie viel, denn Hektik war sein zweiter Vorname. Jetzt, immer noch auf der Hafenmauer stehend, begann er auf und ab zu wippen. Als hätte er einen Hüpfball verschluckt. Das hätte man aber gesehen, so dünn wie er war. Wild entschlossen, zu handeln, war er – einfach zusehen ja sowieso nicht seine Art. Man hätte meinen können, er springt gleich schreiend von der Mauer ins Meer und krault eigenhändig zu seinem Ziel, um es zu fangen. In der Südsee muss es ja heute noch Menschen geben, die so ähnlich ihre Fische fangen. Reinspringen, Fisch rausholen, Mittagessen fertig. Knut wäre höchstwahrscheinlich ideal geeignet für diese Art der Fischerei. Svea kannte sein Temperament nur zu gut, mit ihrem Chef wurde es selten langweilig. Er hielt die „Makrele 11" und sie ganz schön auf Trab.

„Hafenmeister, wir legen ab, EINSATZ!", rief sie schon mal zu Svensson hinüber, der gerade erst sein Hafenamt aufgeschlossen hatte.

Wenn man genau hinhörte, konnte man entdecken, dass Svea jetzt einen Teil der Aufgeregtheit übernommen hatte. Es kam einem so vor, als ob auch sie jedes zweite Wort in Großbuchstaben von sich gab. Der alte Hafenmeister Svensson grinste in sich hinein, denn er wusste, was jetzt folgte. Und schon ging es los: Knut sprang von seinem Aussichtspunkt auf der Hafenmauer – nein, nicht schreiend ins Meer, sondern zurück Richtung Anlegestelle und rannte, an den Booten vorbei, wild gestikulierend auf Svensson zu. Dieses Bild hatte nun wirklich nichts Katzenhaftes mehr. Wenn dieser lange Lulatsch mit seinen Armen rudernd rannte, erinnerte das am ehesten noch an einen achtarmigen Oktopus, der zuvor eine im Meer treibende Schnapsflasche aus Neugier leer getrunken hatte. Wie ein Windkraftwerk mit großem Propeller schnitten seine Arme die Luft in Scheiben. Das war voller Körpereinsatz, jede Faser in ihm war fest angespannt. Niemand konnte Knut aufhalten. Doch, eine Bootsleine hätte es fast geschafft, den Knut-Oktopus-Windkraftpropeller-Zug zu stoppen.

Er übersah den arglos weggeworfenen Strick, rutschte aus – aber fing sich geschickt mit seinen überlangen Armen ab – und weiter ging es. „Svensson! HÖR ZU, absolute Funkstille – AB SOFORT! Und hör die Kanäle ab, ob du was VERDÄCHTIGES auffangen kannst. Ich bin mir sicher, dass SIE es sind!"

Bevor Svensson auch nur sein entspanntes „Moin!" sagen oder eine Frage stellen konnte, war der hektische Knut bereits aus dem Hafenmeisterbüro wieder draußen und mit riesigen Drei-Meter-Sprüngen auf dem Weg zur Makrele, seinem Schiff. Svensson zuckte nur mit den Schultern und sagte ganz entspannt zu sich selbst: „Moin, Knut. Na, dann trag ich dich mal ein."

Er zückte das Hafenbuch, in dem jede Ein- und Ausfahrt in seinen Hafen exakt notiert wurde.

„Makrele 11, zwei Mann Besatzung, 09 Uhr 15. Zweck der Fahrt?" Er blickte dem hektischen Polizeimeister hinterher, dann auf seinen Hafen, dann aufs weite Meer und sagte weiter zu sich: „Na, heute schreib ich mal Verbrecherjagd. Er ist ja gründlich in Eile, der Gute." Er glaubte nicht, dass ausgerechnet heute das internationale Verbrechen auch nur in die Nähe der Insel gekommen war.

Svea hatte inzwischen die Maschine und alle Systeme gestartet. Als sie die Leinen losmachte, sprang Knut mit einem olympiareifen Satz achtern, hinten auf das Schiff und schrie: „HEUTE kriegen wir DIE!"

Svea schaute ihn mit weit aufgerissenen Augen an: „Chef, WER sind DIE?"

„SVEA, Mädchen, HEUTE schreiben wir GESCHICHTE! Mit UNS haben DIE nicht gerechnet, das ist UNSERE Chance!" Es war gerade so, als hörte er ihr gar nicht zu.

„Ooookay, CHEF, denn man TAU!", sagte Svea, was im Norden so viel heißt wie „Na, dann mal los!"

Sie legten ab. Sicher steuerte Svea die Makrele 11 aus dem Hafen ins offene Wasser, während Knut sich ganz weit vorn auf dem Bug des Schiffes positionierte, mit dem Fernglas das Ziel fixierte und mit einem seiner langen Arme die Richtung anzeigte. „Volle KRAFT voraus!", brüllte Svea gegen den Fahrtwind. Sie hatte es auch erwischt, das Jagdfieber. Wen sie denn eigentlich jagten, wusste sie zwar noch nicht, aber sie war dabei. Mittendrin. Deswegen war sie bei Knut. Recht und Ordnung, Gerechtigkeit, Beschützen und eine salzige Prise Abenteuer – genau ihr Ding. Schon als kleines Kind hatte sie gewusst, dass sie einmal Polizistin werden würde. Manche Menschen wissen von Anfang an, welchen Beruf sie eines Tages haben werden. Svea war eine von ihnen.

Hafenmeister Svensson ließ es sich nicht nehmen „Na, dann mal gute Jagd!" zu rufen, obwohl er genau wusste, dass die beiden sowieso nichts mehr um sich herum mitbekommen würden. Er grinste zufrieden und dachte: Alles wie immer.

Wenn Knut eine Staffel Hubschrauber und eine Flotte U-Boote zur Verfügung hätte, die wären jetzt allesamt im Einsatz. Knut machte keine halben Sachen. Vielleicht war es ja wirklich auf der Insel so friedlich und ruhig, weil niemand Lust hatte, jemals vom langen Inselpolizisten bei etwas Kriminellem erwischt zu werden. Man stelle sich nur vor, diese Bande Halbstarker, die an der Nordseeküste für ihre Einbrüche berüchtigt waren, käme in diese Gegend. Die hätten mit Knut ... Moment! Beim schwarzen Hering! Hatte Knut etwa gestern auch den Bericht über diese Diebesbande im Fernsehen gesehen? Von denen wusste man nicht viel, aber man vermutete, dass sie mit dem Schiff von Hafen zu Hafen fuhren, um dort an Land in Häuser einzubrechen. Oha. Knut sah sicher ein Boot da draußen, das ihm verdächtig vorkam und ...

„Zwei Strich nach Backbord, Svea! Da, das ROTE BOOT mit dem Beiboot im Wasser! GENAU drauf ZUHALTEN!"
„WER ist das, Chef?" Svea probierte noch einmal herauszufinden worum es eigentlich ging. Bei all dem brüllten sie sich gegenseitig fürchterlich laut an.
„Das ist dieses RÄUBERPACK, ich hab sie BEOBACHTET!"
„Um Gottes WILLEN, brauchen wir da nicht VERSTÄRKUNG?", rief Svea.
„Gib VOLLE Kraft, Svea, ALLES, was die olle MAKRELE zu bieten hat."

Zur gleichen Zeit betrat der Pfeife rauchende Kneipenwirt Erik, mit einer großen Thermoskanne das Hafenamt: „Moin, Svensson! Wie ich sehe, brennt Knut wieder für seinen Job!

Dann machen wir es uns mal muggelich!". Er hatte die Hektik beobachtet und war gespannt, was nun passieren würde. Doch zuerst der schwarze Tee. Zwei große Tassen, etwas Kandiszucker und umrühren. „Siehst du was? Um was geht's eigentlich genau? Warum so hektisch wieder?", fragte Erik den Hafenmeister, der mit dem Fernglas amüsiert dem Polizeiboot hinterherblickte.

„Na, er nimmt Kurs auf ein rotes Boot draußen. Sonst, ganz ehrlich, seh' ich nix. Keine Kanonen, keine sinkenden Schiffe, keine Giftmüllfässer, keine brennenden Ölbohrinseln, ehrlich gesagt, nicht mal überhaupt eine Ölbohrinsel", antwortete der Hafenmeister völlig ruhig.

„Aber gestern im Fernsehen, da ..."

„Ach! Diese Einbrecherbande? Die kommen nie und nimmer hier rüber, was wollen die denn auf unserer kleinen Insel?", sagte Erik. „Oder meinst du etwa doch? Mensch, dann wäre endlich mal etwas los hier! Ob Knut das wohl schafft?"

# Geräucherte Makrele

*Das Meer ist so wild, mein Hafen so sicher.*
*Ich bin der Chef! Hör ich da Gekicher?*


„Schneller, Svea, SCHNELLER!", schrie Knut. Er stand immer noch vorn an Deck, der Fahrtwind blies ihm kräftig um die Ohren, während die Makrele 11 die Wellen abritt.

„Knut, die Maschine ist schon ganz schön HEISS, wir sollten nicht länger mit Volldampf fahren!" schrie Svea zurück.

Doch Knut war nicht ansprechbar. Er stand selbst unter Volldampf. Mit dem Fernglas fixierte er sein Ziel. Er sah ein Boot, das draußen geankert hatte, darauf ein paar Personen. Aber es war zu weit entfernt, um mehr zu erkennen. Alles was von Knut noch kam, war heiseres Schreien. Seine Stimme kämpfte nicht nur gegen Wind und Wasser an, seine Aufregung war so groß, dass er komische Töne von sich gab, die an einen grölenden Seehund erinnerten. Mit einer Hand hielt er sich an der Reling fest, die andere umklammerte das Fernglas.

Er kaute wieder auf seinen Zähnen herum, wippte im Rhythmus der Wellen auf und ab – und kreischte plötzlich: „Die VERSENKEN irgendwas im Wasser, SVEA, das sind SIE! Das sind Sie! Die lassen irgendwas ins Wasser runter, die verstecken die Beute. Mach das BLAULICHT an und die Sirene, zieh die Leine für das Horn, wir machen jetzt mal richtig KRACH! Die werden was erleben. Hierher kommen und Ärger machen wollen. DIE KENNEN KNUT NOCH NICHT. Die kennen den guten Knut noch nicht!"

„Er macht das Blaulicht an, er macht tatsächlich das Blaulicht an. Jetzt kommt das volle Programm", kommentierte Svensson aus dem Hafenamt heraus die Szene.

„Als Nächstes wird er das arme Boot auffordern, sich zu ergeben. Ich wette mit euch, die machen sich gerade in die Hosen, weil sie keine Ahnung haben, wie ihnen geschieht", witzelte Erik nach einem kräftigen Schluck aus seiner Teetasse.

Die beiden verfolgten jedes Detail dieses Spektakels und hatten es richtig schön gemütlich dabei.

„Moin, Männer!" Jakobson kam herein.

„Genau der richtige Zeitpunkt, Jakobson, nimm dir auch 'nen Pott Tee, wir haben heute eine Morgenvorstellung vom Feinsten. Unsere Insel wird gerade vor einem großen Verbrechen geschützt. Der Eintritt für uns ist frei."

Jakobson bekam von Svensson das Fernglas gereicht. „Erkennst du das Boot da draußen?", fragte Svensson den Fischer.

Jakobson schaute durch das Fernglas. „Büsch'n weit weg ... Rot ... Kein Kriegsschiff ... Knut könnte es schaffen."

Die drei Männer lachten. Niemand von ihnen glaubte an böse Räuber, die nichts Besseres zu tun hatten, als sich von Inselpolizist Knut verhaften zu lassen. „Obwohl, vielleicht schafft er es doch nicht. Schaut mal genau hin. Die Makrele raucht! Da stimmt was nicht", fügte Jakobson noch hinzu. In der Tat konnte man bei genauem Hinschauen sehen, wie sich hinter der Makrele immer mehr schwarze Rußwolken bildeten. „Das gefällt mir gar nicht. Der übertreibt es heute wohl ein büsch'n."

Draußen auf See sprang Knut mit ein paar Sätzen ins Ruderhaus und schnappte sich das Funkgerät. „An alle Einheiten! EINSATZ! Funkstille AUFGEHOBEN. Ich WIEDERHOLE: Funkstille AUFGEHOBEN."

Sveas Gesichtsausdruck formte ein großes Fragezeichen. Wer sind „alle Einheiten"? Was funkte ihr Chef da? Es gab hier keine „Einheiten". Es gab hier weit und breit keinen weiteren Polizisten. Was hatte er nur vor? Noch mehr Sorge als über dieses Verhalten von Knut machte sie sich jedoch um die Makrele. Die Temperaturanzeige der Maschine stand dick im roten Bereich und irgendwie bildete sie sich ein, dass es komisch roch. Sie nahm ein wenig Fahrt weg, doch Knut legte die Hebel sofort wieder nach vorn.

„Knut, hör mal, die MASCHINE!", sagte sie zu ihm. Es war zwecklos, er hörte sie nicht mehr.

„Verdächtiges rotes Boot, hier spricht die WASSERPOLIZEI, Schutzboot Makrele 11, POLIZEIOBERMEISTER KNUT am Apparat. Identifikazieren Sie sich! Identi ... IDENTIFIKAZIEREN Sie sich!"

„Das heißt doch identifizieren, Knut", flüsterte Svea.

„PAPPERLAPAPP!"

Stille.

„Hörst du das, Svea? Hörst du das?"

Stille.

„Was denn?"

„Na, NIX, nüscht hörst du, weil die sich nicht melden. DIE M-E-L-D-E-N S-I-C-H N-I-C-H-T. Jeder meldet sich, wenn ihn die Wasserpolizei anfunkt, ODER? Außer, liebe Svea, er hat DRECK AM STECKEN. Oder BEUTE AN BORD. Das sind die übelsten Verbrecher, die die Insel JEMALS gesehen hat. Ich rieche das bis hierher. Und die versenken gerade die Beute, weil sie merken, dass SIE NICHT MEHR ENTKOMMEN KÖNNEN."

„Du hast doch gerade erst, also, gib denen doch kurz Zeit zum Antworten."

„Die M-E-L-D-E-N S-I-C-H N-I-C-H-T!"

Svea wollte noch etwas sagen, da knackste es aus dem Funklautsprecher: „Knut, Wasseroberkommissar Knut, bitte kommen."

Knut blickte erstaunt auf den Lautsprecher. Svea auch. Beide standen sie da und kuckten ungläubig.

Svea kam als erste zu sich und schubste ihren Chef. Die arme Makrele hatten sie inzwischen beide vergessen. Das Boot pfiff aus dem letzten Loch. „Na los, antworte, Knut!"

„Äh, MOIN. Na. Hier ist KNUT. Wer spricht da?"

Aus dem Lautsprecher knarzte und quietschte es, dann meldete sich die Stimme wieder: „Oberwachtmeister Knut, moin, hier ist das Hauptquartier, Fischkommandant Jakobson, alle Einheiten bereit. Der finstere Knurrhahn Erik und Hafenmeister Svensson sind auch anwesend. Einen Hund hätten wir auch zu bieten, der ist aber gerade nicht da. Wenn sich der Feind identifikaziert und ergeben hat, dann gönn der Maschine 'n büsch'n Pause. Die Makrele brennt dir gleich unterm Hintern weg!"


Erik lag tränenüberströmt in der Ecke des Hafenamts, seine Pfeife neben ihm. Er konnte nicht mehr. Das war viel besser als jeder Fernsehkrimi. Viel lustiger auf jeden Fall. Er kringelte sich vor Lachen und hielt sich den Bauch vor Schmerzen. Er grölte: „Identi... Identifikazieren Sie sich! Ich halt es nicht aus.

Identi." Er rang nach Luft. „Knut ist der Beste! Der ist weltklasse. Ich identifikaziere mich auch gleich."

Jakobson und Svensson fanden es auch herrlich komisch. Beide brauchten jedoch keine großen Worte, um die nächsten Schritte anzuleiern.

Jakobson sagte nur „Na, denn man tau", grüßte, in dem er zwei Finger zur Mütze hob – und Svensson nickte zur Bestätigung. Sie verstanden sich blind und wussten, was nun zu tun war.

Der Hafenmeister übernahm den Funk und sprach ruhig, aber bestimmt: „Svea, Mädchen, leg die Hebel nach hinten, eure Makrele ist durch. Mach langsam, sonst brennt ihr ab. Jakobson kommt zu euch raus."

Svea reagierte sofort. Sie drosselte die Maschine und riss Knut an der Schulter herum, um ihm den Rauch zu zeigen, der inzwischen eine dicke schwarze Wolke formte.

„Männer, hier Makrele 11, verstanden", meldete Svea zurück.

Knut wirkte wie aufgeweckt, als er den Rauch sah, schüttelte nur den Kopf und raunte: „So ein MIST, ich Idiot."

Er schaute sofort nach der Maschine, ob seine Makrele schon Schaden genommen hatte. Doch es war zu spät. Mit einem lauten Rrrrrrruuuums stellte der Motor den Betrieb ein und der Rauch, der bisher vom Fahrtwind nach achtern, also nach hinten, weggedrückt worden war, breitete sich schnell auf dem Schiff aus. Geistesgegenwärtig griffen beide Polizisten nach Feuerlöschern und zielten auf die kleinen Flammen, die aus dem Motorraum kamen. Das war kein Spaß mehr, denn auf einem Schiff ist ein Feuer eine gefährliche Sache. Man kann schlecht wegrennen und wenn das Boot abbrennt, bekommt man in jedem Fall nasse Füße. Svensson sah mit Sorge, was sich auf dem Boot abspielte.

Da knackste der Lautsprecher des Funkgeräts erneut. „Makrele 11, hier das Forschungsschiff Kormoran. Sieht aus, als hättet ihr Probleme. Wir kommen zu Hilfe."

Es war das rätselhafte rote Schiff, auf dem Knut die Verbrecher vermutetet hatte. Die Kormoran war ein völlig unschuldiges Boot mit Forschern an Bord, die im Wattenmeer vor den Inseln ihrer Arbeit nachgingen. Dabei sammelten sie Wasser- und Bodenproben. Was Knut gerade so gar nicht interessierte, er hatte ein brenzliges Problem auf seinem Boot.

„Knut, ihr macht das gut, der Rauch wird weniger. Jakobson ist unterwegs zu euch!", meldete sich Svensson ebenfalls über Funk. Jakobson hatte seinen Kutter Wellenbeißer in Rekordzeit aus dem Hafen gebracht und befand sich bereits auf Kurs Richtung Makrele. Dass die Situation außergewöhnlich war, merkte man daran, dass Svensson keine Einträge ins Hafenbuch mehr machte, sondern mit Erik abwechselnd an Fernglas und Funkgerät stand. Außerdem wurde der gute schwarze Tee in den Tassen kalt. Auch das für den erfahrenen Beobachter ein Zeichen höchster Anspannung auf der Insel.

Dank des schnellen Feuerlöscheinsatzes konnte der Ausbruch eines größeren Feuers verhindert werden. Wenige Minuten später war das rote Boot, die Kormoran, bei der Makrele angekommen. Der Kapitän stellte sich bei Knut vor und man vereinbarte, dass das Polizeiboot von der Kormoran in Schlepp genommen wurde.

„Wie sich die Geschichte doch dreht!", bemerkte Jakobson schmunzelnd, als er mit seinem Kutter einige Minuten später eintraf. Mit einem dicken Tau schleppte das rote Boot der angeblich finsteren Räuber nun also die Polizisten ab. Die Polizei, die Helfer in der Not, waren Gefangene des internationalen Verbrechens geworden. Oder, diese Version fand Jakobson noch viel lustiger, der Kormoran, dieser Meisterfischer unter den Vögeln, hatte sich eine fette Makrele geschnappt. Um genau zu sein, war es sogar eine geräucherte Makrele, die mächtig dampfte. Diese Geschichte würde man sich noch öfter auf der Insel erzählen, so viel war mal sicher.

## Kapitel 8

# Der Hafenzoff

*Ob Wale, ob Haie, man weiß es noch nicht!*
*Vielleicht ja nix Schlimmes? Nur blass das Gesicht.*


„Haben Sie es nicht gesehen? Da …, da draußen! Das Polizei-
boot, das ist es! Es hat lichterloh gebrannt."
„Wirklich? Meine Güte!"
„Ja, erst hat es geraucht, dann gab es eine fürchterliche Ex-
plosion, dann war ein Feuerball zu sehen!"
„Unglaublich, warum haben wir davon nichts mitbekom-
men?"
„Na, das war eher so eine leise Explosion, eher so ein BUFF,
kein BUMMMM, verstehen Sie?"
„Ach, wie furchtbar! Und wann war das?"
„Na, gerade eben, vielleicht vor zehn Minuten."


Exakt an jener Stelle der Hafenmauer, an der Knut vor noch
nicht einmal einer halben Stunde die falschen Räuber gesich-
tet hatte, versammelten sich jetzt mehr und mehr Inselgäste.
Die Nachricht eines spektakulären Bootsunfalls verbreitete
sich schnell und wurde zum ersten Hafengespräch des Tages.
Und je mehr Menschen zusammenkamen und je öfter das Ge-
schehene berichtet wurde, umso gefährlicher wurde die Geschichte. Die Leute überschlugen sich mit Gerüchten und Spe-
kulationen. Vielleicht war das so, weil auf einer Nordseeinsel

ja nicht so viel los war, wie in einer großen Stadt. Das dachten die Menschen zumindest gern.

Erik, der Svensson half, Vorkehrungen für die Rückkehr der geräucherten Makrele 11 zu treffen, konnte es sich nicht verkneifen, ein wenig bei dem Geplappere mitzumischen. Für ein lautes: „Svensson, hast du wirklich den Pottwal das Polizeiboot rammen sehen?" erntete er bei Svensson nur ein Kopfschütteln, aber bei den Touristen landete er einen Volltreffer.

„Um Gottes willen, Ilse, hast du das mit dem Hai schon gehört?"

„Nein? Was für ein Hai?"

„Ein Weißer Hai. Er ist auf das Boot gesprungen, dann ist es explodiert!"

„Nein! Wahnsinn!"

„Und? Hat der Hai überlebt?"

Wirklich niemand, aber auch gar niemand, hatte irgendetwas von einem Sprung gesagt und ein Pottwal war kein Weißer Hai. Der Wal, den man mit etwas Glück in der Nordsee vom Strand aus beobachten kann, ist der Schweinswal. Er sieht aus wie ein kleiner Delfin.

*Schweinswal*

„Ich sollte für die Zeitung arbeiten", sagte Erik zu Svensson, „oder Bücher schreiben, mit meinem Seemannsgarn wäre ich bestimmt bald berühmt."

„Komm du mal wieder runter zu uns auf die Insel und pack mit an!", kommandierte dieser ihn zurück auf den Boden der Tatsachen. Auch andere Bootsbesatzungen und Insulaner, die verfügbar waren, folgten den Anweisungen des Hafenmeisters. Svensson wollte nichts dem Zufall überlassen, wenn gleich das beschädigte Polizeiboot hereingeschleppt werden würde.

Hätte Knut inzwischen die Möglichkeit gehabt, in den Erdboden zu versinken, er hätte es ohne zu zögern getan. Zu gerne hätte er sich versteckt, schließlich war es seine Verantwortung, nicht auf Svea gehört zu haben – und auch die Leiden des Schiffsmotors hatte er einfach übersehen. Sein schönes Boot, das ihm so treue Dienste geleistet hatte, lag nun an einem langen Tau im Schlepp des roten Forschungsschiffs Kormoran. Svea war am Makrelen-Steuer und der Inselpolizeichef stand an der Reling und kaute Fingernägel. „So ein Mist! So ein Mist!", sagte er wieder und wieder vor sich hin. Auch sein Sinn für das Verbrechen hatte nicht funktioniert: Er hatte in unschuldigen Forschern eine Räuberbande gesehen. Ab und zu blickte er verschämt zu Jakobson und seinem Kutter Wellenbeißer rüber, der den traurigen Schiffskonvoi komplett machte. Über dem Fischkutter kreiste Störti, die sich wunderte, warum Jakobson nicht die Netze auswarf und ohne Fisch schon wieder Richtung Hafen steuerte.

Und Svea? Die traute sich nichts zu sagen, sie wusste, was in ihrem Chef gerade vorging. Sprüche wie „Ich hab´ dich doch gewarnt." brachten jetzt keinem was, die konnte sie sich genauso sparen. Gerade, als Knut sich einen tröstenden Satz in Gedanken zurechtlegte, der in etwa so hieß wie: „Naja, Schwamm drüber, hätte schlimmer kommen können", fiel sein Blick auf den Menschenauflauf an der Hafenmauer. Er zückte das Fernglas und schaute geradewegs in hochgehaltene Handys und Fotoapparate. Die noch rauchende Makrele 11 war plötzlich eine Touristenattraktion. Jeder wollte ein Foto machen, wie ein Polizeiboot abgeschleppt wurde. Er fand das furchtbar.

„Hmmmm" raunte Jakobson unzufrieden, der den Menschenauflauf auch erblickte. Er konnte förmlich spüren, wie es seinem Freund Knut beim Anblick dieser ungebetenen Zuschauer gehen musste. Ohne lange zu überlegen, steuerte er die Wellenbeißer zwischen die Makrele und die neugierigen Menschen, sodass wenigstens ein paar ihrer Bilder nicht das beschädigte Boot mit ihrem angeschlagenen Kapitän Knut zeigten.

Dann schwang er sich ans Funkgerät und gab durch: „Knut, hier Jakobson, büdde jetzt mal Brust raus und Haltung bewahren, Herr Kapitän. Das hätte jedem von uns passieren können." Was genau allen hätte passieren können, sagte er nicht, aber Knut erreichte die Botschaft im richtigen Moment. Er funkte ein „AYE, AYE, CAPTAIN!" zurück. Er wusste, dass Jakobson durch und durch ein Seemann war. Diese Worte von ihm bedeuteten ihm viel.

So wurde das, was sich bisher wie ein Trauerspiel angefühlt hatte – dank einiger Worte unter Freunden – sogar zu einem spaßigen Ereignis. Denn Knut drehte nun auf. Er schaltete den

Lautsprecher seiner Makrele an, testete kurz, ob dieser noch ging und schon legte er los: „An ALLE, die wohl gerade NIX BESSERES zu tun haben! Hier spricht die POLIZEI. Heute gibt es tatsächlich was zu sehen!"

Svea schaute ungläubig. Auch Jakobson staunte. Was kommt denn jetzt?

„ACHTUNG! ACHTUNG! In der Nordsee BISHER EINMALIG: Ein rotes Piratenboot nimmt ein Polizeiboot GEFANGEN – samt zwölfköpfiger Besatzung – und VERSCHLEPPT es auf eine GEFÄHRLICHE Insel. ACHTUNG, ACHTUNG, jeder, der den Piraten beim Anlegen hilft, bekommt ENTWEDER von den Piraten ein paar Goldstücke ODER wird von mir und meinen Verstärkungseinheiten ins Gefängnis gesteckt! Entscheidet euch schnell, WEM ihr helfen wollt!"

Knut gefiel selbst, was er hörte. Er lief zur Höchstform auf und Svea staunte. Ihr Chef verstand es, seine etwas peinliche Lage in einen vollen Erfolg umzumünzen. Das musste man erstmal können. Über sich selbst lachen! Und er war noch nicht fertig, es ging munter weiter mit den frechen Ansagen: „Achtung, Achtung, jedes Foto kostet fünf Euro in die Kaffeekasse vom GRUMMELIGEN Hafenmeister Svensson."

Unter tosendem Applaus fuhr das Bootstrio in den Hafen ein. Die Zuschauer lachten und klatschten zu jedem der Sätze, die Knut losließ. Man bekam das Gefühl, als wäre man auf dem Hamburger Fischmarkt gelandet und hörte einem der Marktschreier zu, der mit den anderen um die Wette brüllte. Bei all dem Getöse merkten die meisten Zaungäste nicht, dass es keine Walbeulen im Boot gab oder herumliegende Haie – oder gar Brandspuren von „unheimlich gefährlichen" Explosionen.

Jakobson grinste zufrieden und sorgte für ein sanftes Anlegen der antriebslosen Makrele. Dafür schubste er mit seinem Kutter das Polizeiboot zwei-, dreimal gekonnt von mittschiffs, also von der Seite aus, an. Damit es dabei keine Beschädigungen gab, hingen außen an den Schiffen die Fender, runde oder längliche Gummibälle, die diese Stupser abfederten. Svensson und seine Helfer sicherten das Boot sofort mit Leinen am Hafenkai. Was für eine Aufregung, dachte sich Jakobson, als er seine Wellenbeißer bereits zum zweiten Mal an diesem Tag im Hafen festmachte. Die Möwe Störti flog heran und setzte sich direkt vor ihn. Sie schaute verwundert.

„Ja, da kuckst du, ich weiß. Keine Fischfahrt, kein Fisch. Ach, Mist, der Fisch für Jette! Mensch, den hätte ich fast vergessen! Danke, Störti."

Die Möwe beobachtete genau, wie er dann noch kurz zur Makrele hinüberlief, um sich den Schaden aus der Nähe anzuschauen.

„Geräucherte Makrele, hm?", sagte er zu Knut und kniff ihm in die Seite.

Die Polizisten begutachteten mit Svensson bereits das Ausmaß des Motorplatzers.

„Kriegen wir hin", sagte Svensson kurz und Erik fügte ein überzeugtes: „Hätte schlimmer kommen können." hinzu.

Die Männer waren so gesprächig, wie es eben unter den Männern üblich war.

„Kein Grund für noch mehr Aufregung", fasste Knut zusammen, ausgerechnet Knut. Sein nächster Weg und Dank galt der Kormoran und ihrer Besatzung, die ihn geschleppt hatten. Svea schilderte inzwischen recht sachlich, was aus ihrer Sicht passiert war, ohne ihren Chef schlecht auszusehen zu lassen. Auch Svensson war sichtlich zufrieden, denn die Makrele verlor keinen Treibstoff oder sonstigen Dreck, der seinen Hafen verschmutzt hätte. Er konnte seine Alarmstufe samt Vorsichtsmaßnahmen wieder herunterschrauben.

Es war erst kurz nach 10 Uhr am Morgen und so viel war bereits passiert.

Da näherte sich ein nervöses Klingeln dem Hafen. Schäfer Ole flitzte mit einem Affenzahn auf seinem Fahrrad heran. Er trat wie wild in die Pedale, hielt sich seine Mütze fest und schaute extrem grimmig drein.

„Och nö", raunte Jakobson, der eins und eins zusammenzählte und einen wütenden Ole nicht das erste Mal in seine Richtung kommen sah.

„JAKOBSOOON!", schrie Ole, obwohl er noch ein ganzes Stück entfernt war. „JAKOBSOOON!"

Der Fischer zog seine Mütze bis knapp über die Augen ins Gesicht, rieb sich den Bart und raunte: „Ein büsch'n viel Geschrei in der Luft." Er atmete einmal laut durch. „Na gut, dann mal los."

Er fing an, eines seiner Lieblingslieder zu pfeifen, und bewegte sich auf sein Fahrrad zu. Er pfiff, als könne er damit den Stress von sich wegpusten. Doch der Ärger hatte einen Namen. Heute hieß er Ole. Mit quietschenden Reifen stoppte der Schäfer sein Fahrrad an der Kaimauer vor Jakobson und verlor keine Sekunde: „Ist dein Köter da?"

„Moin, Ole, ich nehme an, du meinst meinen Hund. Der hat

einen anständigen Namen, wie du auch. Er heißt Herr Hansen und das weißt du."

„Das geht so nicht mehr weiter!"

„Was meinst du? Hat Hansen wieder mit deinen Schafen gespielt?"

„Das ist kein Spiel, Jakobson, dein Kö…, dein HERR Hansen, der bringt viel zu viele Turbulenzen in die Herde, die Tiere sind schon ganz blöd im Kopf. Das geht so nicht mehr."

„Blöd im Kopf, hm? Ole, ich versteh dich ja. Aber soweit ich das mitkriege krümmt er deinen Schafen doch kein Haar, oder?"

„Darum geht es nicht, das wär ja auch noch schöner. Ich sage dir hiermit: Das muss aufhören und das wird aufhören!"

„Jetzt beruhig dich mal, ich verstehe dich. Ich rede mit ihm, einverstanden?"

„Nein, du hast mich nicht verstanden! Wir treffen uns heute Nachmittag um fünf im Knurrhahn. Ich habe eine Dringlichkeitssitzung des Inselrates einberufen. Bürgermeister Frithjof hat zugestimmt, ich hab ihn gerade getroffen und informiert, was vorgefallen ist. Ich werde heute Nachmittag einen Antrag machen."

Kurze Stille, dann sagte Jakobson trocken: „Einen Antrag machen? Mensch, Ole, ich hatte ja keine Ahnung, Glückwunsch!"

„Was?"

„Du willst dem Bürgermeister einen Heiratsantrag machen?"

Erik, der neben den beiden stand und sich bis jetzt hartnäckig auf die Lippen gebissen hatte, um nicht zu lachen, konnte nicht mehr. Er prustete all seine angehaltene Luft mit einem dicken Lacher heraus. Mein Gott, was er heute schon zu lachen gehabt hatte.

„Ein fabelhafter Tag!", rief er. „Jetzt sogar noch eine Verlobung! Nachher bei mir im Knurrhahn! Aber Ole, was wird wohl Frithjofs Frau dazu sagen, dass du ihren Mann heiraten willst?"

„Das ist aber eine Überraschung", machte Svensson den Spaß mit, „Was für ein hübsches Paar auch."

Ole fand das alles andere als lustig und Jakobson merkte, dass der Schäfer gar nicht lachen konnte.

„Ole, hör zu!", begann der Fischer und legte seinen Arm auf die Schulter des Schäfers, „Lass mich mit Hansen reden, ich krieg das hin."

Doch es war zu spät. Ole schob Jakobsons Arm weg, drehte sich abfällig um und radelte davon. Auch Svensson, der ihn noch aufhalten wollte, konnte ihn nicht mehr bremsen. Zu wütend war er geworden.

„Um fünf Uhr im Knurrhahn! Du wirst schon sehen!"

„Au backe!", entfuhr es Erik, „der hat ja mal richtig schlechte Laune. Vielleicht sollte er sich das mit dem Heiratsantrag heute nochmal überlegen?"

„Da werden wir den Herrn Hansen wohl aufs Festland verschiffen müssen", meinte Svensson. „Aber eine Dringlichkeitssitzung! Kinners, was ein Quatsch."

„N büsch'n übertrieben" gab Jakobson von sich. Sitzungen des Inselrates, ohne Dringlichkeit, gab es jede Woche. Dazu trafen sich mindestens vier Erwachsene im Knurrhahn, um einen Klönschnack abzuhalten, was nichts anderes ist als viel Gerede und gern auch viel Essen und viel Trinken. Aber eine Dringlichkeitssitzung des Inselrates, das waren mindestens sechs Erwachsene und ein Eintrag ins Inselbuch. Das hatte es schon lange nicht mehr gegeben. Für die meisten Themen auf der Insel nahm man sich für gewöhnlich viel Zeit. Hektik und Eile waren seltene Gäste hier draußen in der Nordsee. Jetzt aber war es so weit. Ole war der Kragen geplatzt. Hansen war schuld an all dem und Jakobson war als Hundebesitzer in der Verantwortung. Immerhin war es auch eine willkommene Gelegenheit, einen außerplanmäßigen Klönschnack zu halten und gesellig beisammenzusitzen. Sicher konnte man Ole irgendwie beruhigen. Bisher hatte man für alles eine Lösung gefunden. Man musste nur lange genug miteinander schnacken. „Das kriegen wir schon hin. Im Knurrhahn ist noch nie jemand auf eine einsame Insel verbannt worden!", sagte Svensson.

Jakobson rieb sich wieder den Bart und verabschiedete sich mit einem „Tschüss, Männer, dann bis später!" bei seinen Freunden. Er lud die Fischkisten auf sein Fahrrad und fuhr davon.

„So viel Aufregung auf so einer kleinen Insel", sagte er vor sich hin, denn eigentlich wollte er nach einer Mütze Schlaf heute Nacht gleich wieder raus auf Fangfahrt gehen. Viel Zeit blieb nicht mehr, bis der vom Wetterdienst angekündigte Sturm zur Insel kommen sollte. Einen Problem-Klönschnack hatte er nicht eingeplant. Aber es half ja nichts. Es ging um Hansen und ein anständiges Klima auf der Insel. Und den Frieden für die Schafe.

Wat mutt, dat mutt.

## Kapitel 9

# Greet und der Wald

*Das Licht ist mein Freund, es malt meine Bilder.*
*Manchmal ganz sanft und gern noch viel wilder.*

Der Wald! Eine gute Idee. Der Wald war heute dran. Greet suchte sich für ihre Fotografieprojekte oft ein bestimmtes Thema aus und zog dann mit ihrer Kamera los. Meist kam sie mit mehr als zweihundert Bildern zurück, die sie dann gemütlich bei einer Tasse heißer Schokolade auf dem Computer anschaute und aussortierte. Im Wald war sie bisher selten gewesen. Warum, konnte sie nicht einmal sagen. Das Meer, der Strand, das Watt, die Heidelandschaft, die vielen Tiere – es gab auf der Insel so viele schöne Motive. Insofern war sie neugierig, denn x-mal hatte sie den Wald zwar auf dem Weg zu Nele oder Jakobson durchquert oder war zum Spielen hergekommen. Heute aber wollte sie dort Bilder machen und einmal genau hinschauen. Zwei Käsebrote und ihre Wasserflasche noch mit dazu – und schon ging es ab aufs Fahrrad und durch die Stadt Richtung Norden.

Sie kam nicht weit. Restaurantchefin Jette lief ihr über den Weg. „Moin, Greet, wieder auf Fotopirsch? Wo geht's denn heute hin?", wollte sie wissen.

„Moin, Jette, heute hab ich den Wald auf dem Zettel. Ich denke, dass es da noch viel mit der Kamera zu entdecken gibt", antwortete Greet.

„Das ist eine schöne Idee. Wird bestimmt interessant! Du, bevor ich es vergesse, ich habe am Mittwochabend im Restaurant ein kleines Fest, einen runden Geburtstag. Kannst du mir wieder helfen mit dem Tischschmuck? So für fünf Tische."

„Klar, das mach ich. Ich könnte Dienstag nach der Schule die Sachen sammeln und Mittwochnachmittag vorbeibringen?"

Jette war einverstanden. Greet half ihr ab und zu beim Dekorieren der Tische. Eigentlich half sie ihr nicht nur, sie machte es komplett selbst. Jette ließ ihr völlig freie Hand, denn das Mädchen hatte ein Händchen für solche Sachen. Sie kombinierte zum Beispiel Zweige, Muscheln und Hagebutten zu hübschen Gesteckchen, die einfach toll aussahen und den Tischen den letzten Schliff verliehen. Greet machte das Spaß und so verdiente sie sich ein paar Euro. Spitze, dachte sie sich, denn sie sparte auf eine neue Kamera. Was sonst? Und bestimmt sah sie im Wald auch ein paar Dinge, die sie für diesen Job gebrauchen konnte.

Die beiden gingen ein paar Schritte zusammen in die gleiche Richtung, bis sie auf dem Kirchplatz ankamen und ihre Wege sich trennten.

...

Im Wald angekommen, stellte sie das Fahrrad an einen Baum und zog los. Sie lief nicht auf einem Weg, mittendurch sollte es sein. Die besten Motive fanden sich meist dort, wo sonst niemand war. Sie entdeckte Farne, deren große Blätter bei näherer Betrachtung aus Hunderten kleinen Blättern bestanden. Auf einigen waren ein paar Tropfen vom letzten Regen, was das Motiv noch spannender machte. Dann waren es die unterschiedlichen Rinden der Bäume, die, ganz nah fotografiert, sehr künstlerisch aussahen.

Ein paar Kaninchen rannten aufgeschreckt davon. „Aha, hier gibt es euch also auch", sagte sie. Auf der Insel waren Kaninchen so etwas wie die Möwen in der Luft oder Sand am Strand: Es gab sie überall.

Hier noch eine Pflanze, da noch ein Tier, der Wald bot eine Fülle an Foto-Gelegenheiten. Greet machte heute sicher mehr als zweihundert Bilder und so verging die Zeit rasend schnell. Sie legte zwischendrin eine Pause auf einer kleinen Lichtung ein und war hochzufrieden.

Als sie da saß, erblickte sie plötzlich etwas, was so überhaupt nicht ins Bild passte. Zwischen den Bäumen sah sie Willibald von Flitzewitz. Greet kicherte, sie konnte nicht glauben, dass er sich im Wald herumtrieb. Willibald, den alle nur „Flitzi" nannten, war der Running Gag der Insel. Ein laufender, ja, rennender Witz, ständig auf der Flucht. Schon einmal ein einsames Schaf gesehen? Dann war es Flitzi oder ein Verwandter von ihm. Jeder auf der Insel kannte ihn, denn jeder hatte ihn schon mal in seinem Garten gehabt oder Ole einen Hinweis gegeben, wo er sich noch vor einer Stunde aufgehalten hatte. Willibald von Flitzewitz war ein Schaf mit einem starken Freiheitsdrang. Eigentlich ja eine sehr natürliche und lobenswerte Eigenschaft. Aber als Schaf den Schutz der Herde aufzugeben und immer wieder allein loszuziehen, war schon seltsam. Oder vielleicht eher mutig? Nennen wir Flitzi das mutigste Schaf nördlich von Hamburg. Ob es weiter südlich überhaupt ein ähnlich unerschrockenes Schaf gab, wissen wir nicht. Er sah recht ungepflegt aus, kein Wunder. Lange Zottel hingen an ihm herunter. An seine Wolle ließ er niemanden ran. Schon gar nicht Mollys Schafwaschformation. Er stand nicht gern im Mittelpunkt.

Greet fing an, Schafbilder zu schießen. Schaf mitten im Wald. Großartig. Schaf vor Farn. Schaf, das sich am Baum kratzt. Das kannte sie nur von Wildschweinen aus dem Fernsehen. Vielleicht war Flitzi ein Wildschwein im Schafspelz? Während sie ihn weiter beobachtete und fotografierte, fiel ihr auf, wie neugierig er an den Bäumen schnupperte, wie er verschiedene Pflanzen probierte und einen sehr zufriedenen Gesamteindruck machte.

Warum war das eigentlich so, dass manche Lebewesen lieber allein waren? Ist allein und einsam eigentlich das gleiche? Nein, sicher nicht, dachte sie bei sich. Flitzi ist sich einfach selbst genug, er genießt das Alleinsein und braucht seine Herde wohl nicht, um glücklich zu sein. Da trat sie auf einen Ast. Es knackste laut. Flitzi bemerkte das Mädchen und sprang mit einem großen Satz in den Wald hinein. Fort war es, das Einzelgängerschaf.

„Willibald! Wie ein Reh! Flitzi, das war wie ein Reh! Wie schön du das machst! Wie schön ist das denn?", rief sie ihm hinterher. Willibald von Flitzewitz, das lockige Reh. Fest stand, sie würde Ole nicht verraten, dass er Zuflucht im Wald gefunden hatte. Ihm ging es offensichtlich gut. Sie freute sich über ihre ungewöhnlichen Bilder, da kam sie auch schon an den Waldrand. Von hieraus war es nicht mehr weit bis zum nördlichen Ende der Insel. Durch die letzten Bäume hindurch konnte sie den Leuchtturm schon sehen.

Ein weiteres außergewöhnliches Bild, dachte sie sich und widmete sich diesem Foto: Neles Leuchtturm aus dem Wald heraus, der Turm eingerahmt von Bäumen. Teilweise bot sich nur ein kleines Fensterchen, durch das der Turm hindurch zu sehen war.

Während sie verschiedene Blickwinkel ausprobierte und inzwischen ganz zufrieden war mit den ersten Ergebnissen, fiel ihr ein riesiges Vogelgeschrei auf, das immer lauter wurde. Möwen versammelten sich und kreischten, was das Zeug hielt. Eine seltsam konzentrierte Ansammlung der Vögel und viel Aufregung war für Greet zu spüren. Was ging da vor sich? Das wollte sie sich näher anschauen. Sie bahnte sich den Weg raus aus dem Wald. Doch das Geschrei der Möwen war plötzlich weg. Mehr noch: Es war kein Vogel mehr zu sehen. Der Himmel war zu leer für diese Uhrzeit, denn über der Insel flogen eigentlich immer Enten, Gänse, Möwen oder anderes Gefieder umher. Vielleicht gab es irgendwo einen großen Happen zu Fressen am Strand. Aber alle gemeinsam weg?

Da sah sie eine einzelne, mächtig große Möwe am Himmel. War sie der Grund für das Verschwinden der anderen? Moment. Diese Möwe war riesig. Und sie flog anders, sie segelte in weiten Kreisen. Was für große Flügel das waren! War das ein Bussard? Nein. Größer. Ein Fischreiher? Nein. Kein langer Hals. Ein ganz anderes Flugbild, es musste ein Greifvogel sein. Sie schraubte das Zoomobjektiv auf ihre Kamera. Damit konnte sie weit entfernte Objekte nah heranholen. Sie beobachtete den Vogel nun wie durch ein Fernglas. Es war ein Greifvogel, so viel stand für sie fest. Und da durchfuhr es sie wie ein Blitz. Sie konnte ihr Glück kaum fassen. Der majestätische Raubvogel musste ein Seeadler sein! Sie hatte einmal ein paar tolle Bilder von diesem Vogel im Internet gesehen und war beeindruckt gewesen, dass es solch ein mächtiges Tier überhaupt in Europa gab. Sie war sich sicher. Die Schwingen weit ausgebreitet, viel, viel größer als jede Möwe, die einzelnen Federn wie Finger am Ende der Flügel gut sichtbar, der schlanke Kopf und der dicke spitze Schnabel.

Sie verfolgte seinen langen Flug, für den er keinen einzigen Flügelschlag brauchte. Und sie hatte noch mehr Glück: Er kam immer näher Richtung Wald, direkt auf sie zu. Greets Herz begann zu rasen. Alle paar Sekunden drückte sie auf den Auslöser und machte ein Foto. Er kam näher und näher. Sie erkannte den weißen Schwanz, den braunen Körper und den gelben Schnabel eines Seeadlers. Und dann, zack, flog er über sie hinweg über den Wald, sodass sie ihn nicht mehr sehen konnte.

O Gott, war das toll! Sie zitterte am ganzen Körper. Sie wusste nicht sehr viel über Seeadler, außer, dass es sie auf dem Festland gab, sie in Amerika weiße Köpfe hatten und in Europa braune. Auf der Insel hatte sie noch nie jemanden über Adler reden hören. Auch Jakobson, der so viel über Tiere erzählte, hatte sie mit keinem Ton jemals erwähnt. Waren sie Zugvögel und dieser hier war etwas von der Route abgekommen und machte Rast auf ihrer Insel? War es ein junger Adler, der sich ein neues Zuhause suchen musste und dem nichts anderes als die kleine Insel blieb? Hatte ein anderer auf der Insel den Adler auch gesehen? Was fraß er wohl, was suchte er hier? Sie musste das alles sofort zu Hause im Internet nachschauen. Dass sie ihn entdeckt und noch Platz auf der Speicherkarte gehabt hatte, um Fotos von ihm zu machen... Was für eine total coole Sache! Eine Aufregung, die sie glücklich machte. Nichts wie ab nach Hause. Das musste sie Jasper erzählen. Schnell.

**Kapitel 10**

# Ein Watt voller Überraschungen

*Der Eimer fliegt hoch, der Eimer fliegt weit.*
*Ein Weltmeister werd´ ich – für alle Zeit.*

Der kurze Weg zur Küste war für Jasper heute ein riesiger Spaß. Wie ein Segelboot konnte er sich mühelos vom strammen Wind auf seinem Fahrrad anschieben lassen. Das traf sich ganz gut, denn mit seinen langen Gummistiefeln an den Füßen und dem Anhänger hinten dran war jede Unterstützung willkommen. Er wusste zwar, dass dies auf dem Rückweg eine ziemliche Schinderei werden würde, aber vielleicht beruhigte sich bis dahin ja alles. Es gab Tage, da änderte sich das Wetter alle halbe Stunde. Langweilig wurde es hier allein schon deswegen nicht. Jetzt machte er sich so groß, wie es ging, und ließ den Wind die Arbeit machen. Aus voller Brust schrie er ein lautes „Juchuuuuu!", während er auf dem Salzwiesenweg Richtung Watt fuhr.

Was Jasper sah, als er an der Küste ankam, war ungewöhnlich. Da stand er nun mit seinen Gummistiefeln und einem Eimer in der Hand und schaute ungläubig.

„Zu viel Wasser!", sagte er erstaunt vor sich hin.

Die Ebbe war extrem schwach ausgefallen, das Meer hatte sich kaum zurückgezogen. Normalerweise konnte man an dieser Stelle viele hundert Meter weit rauslaufen. In eine Richtung konnte man die nächste Insel, die nicht weit entfernt lag, sogar trockenen Fußes erreichen. Aber heute ganz sicher nicht. „Was für eine Baby-Ebbe ist das denn?", hörte er sich selbst sagen.

Hatte er sich in der Zeit geirrt? Er holte den kleinen Gezeiten-kalender aus der Tasche. Darin waren Ebbe und Flut voraus-berechnet und er konnte ablesen, wann das Wasser bei Flut am höchsten stand oder wann man ins Watt konnte. Jasper verglich noch einmal Datum und Uhrzeit. Es war genau jetzt Niedrigwasser laut Kalender, die beste Zeit zum Muscheln sammeln. Aber dort, wo sonst das Watt überall zugänglich war, gab es nun viele große Priele, lauter Seen und Flüsse aus Meerwasser.

Da erinnerte er sich an einen Satz von Jakobson: „Schwache Ebbe, starker Sturm". Wenn ein kräftiger Wind von Westen kommt, so drückt er gegen das ablaufende Wasser und die Ebbe fällt nicht so stark aus wie sonst. Er mochte Jakobsons kleine Weisheiten, er hörte ihm gern zu und lernte viel von ihm.

Jetzt musste er vorsichtig sein, es würde heute wohl auch län-ger dauern mit den Muscheln. Hoffentlich ging es überhaupt? Dieser aufkommende Sturm sollte wohl ein ganz schön gro-ßer werden. Er musste seine Beobachtung nachher unbedingt weitererzählen. Sowas hatte er noch nicht erlebt.

Jasper ließ sich jedoch von einer schwachen Ebbe nicht ab-halten. So lange Watt zu sehen war, wollte er für Erik raus und Austern sammeln. Mehr als einen Eimer auf einmal konnte er nicht tragen, denn diese Muscheln waren ganz schön schwer. Somit stellte er sein Fahrrad samt Anhänger für gewöhnlich so nah am Wattrand wie möglich ab und pendelte dann mit seinem Eimer zum Anhänger, in dem eine Wanne stand, hin und zurück. Da die Austern manchen Menschen besonders gut schmeckten, ließen sie sich im Knurrhahn abends als Delikatessen verkaufen. Erik bereitete die Austern im Ofen zu und machte aus ihnen ein leckeres Abendessen. Mit Käse überbacken oder „beschwipst" mit einem Schuss Wein. Jasper fand das ziemlich eklig. Wie konnte man diese Dinger nur essen? Aber, und das zählte für ihn, er bekam 50 Cent für jede gute Muschel von Erik. Dafür lohnte es sich allemal, die Gummistiefel einzusauen und den schweren Anhänger später Richtung Hafen zurückzuziehen. Jasper hatte Arbeitshandschuhe dabei, da die Austern scharfe Kanten besaßen. Bei seinem ersten Sammeln vor ein paar Jahren war er zu hektisch und zu gierig gewesen und hatte sich prompt böse Schnitte an den Fingern geholt. Sowas passierte ihm nur einmal. Inzwischen war er auch ein gutes Stück geduldiger geworden.

Die Muscheln zu finden, war bei normaler Ebbe nicht das Problem. Es gab sie in Scharen an dieser Küste, denn diese Art der pazifischen Auster hatte hier keine natürlichen Feinde. Sie gehörte gar nicht hierher, fühlte sich aber sichtlich wohl. Ihre Schalen waren so hart, dass sie kein hier lebendes Tier aufbekam. Nicht einmal der wunderschöne Austernfischer, dieser Muschelspezialist der Nordsee, konnte sie mit seinem stolzen roten Schnabel knacken. Gierige Möwen hatten erst recht keine Chance gegen dieses rundum geschützte Schwergewicht. Deswegen breitete sich diese Muschelart überall aus. Jaspers eigentliche Schwierigkeit war es weniger überhaupt welche zu finden, sondern viel mehr die richtigen zu ernten, denn nur für die guten bezahlte Erik ihn. Nicht zu klein sollten sie sein, aber auch keine Riesen und keine zusammengewachsenen Muschelhaufen. Viele solche Kleinigkeiten musste er beachten. Erik hatte sehr genaue Vorstellungen davon, wie die perfekte Knurrhahn-Ofen-Muschel aussehen musste. Und heute bei dieser „Baby-Ebbe" war es eben ein wenig schwieriger, weil er an die guten Stellen wohl nicht überall hinkommen würde.

Nach seiner kurzen Verwunderung fand er das jetzt eher spannend. Mal was Neues, dachte er und zog mit seinem Eimer laut pfeifend los. Er stapfte um die zahlreichen Wasserpriele herum. Seine Gummistiefel sanken im Watt wenige Zentimeter weit ein, jeder Schritt machte das lustige Flatsch-Platsch-Geräusch. Der Wind blies stark und bewegte alles, was nicht schwer oder fest genug war. Jasper merkte, wie sein Eimer wie ein Drachen losfliegen wollte, und ließ sich eine Weile auf dieses Spiel ein. Wie stark müsste der Wind wohl sein, damit der Eimer wirklich davonfliegt?, fragte er sich. Wenn das irgendwo ginge, dann hier an der Nordsee. Eimerflugmeisterschaften, dachte er. Jeder Teilnehmer bringt seinen eigenen Eimer mit, alle stellen sich an einer ins Watt gezogenen Linie auf, schön ausgerichtet mit dem Wind und dann – zack – lassen alle gleichzeitig ihre Eimer fliegen. Entscheidend dabei war natürlich die Technik. Nur er, Eimerwurfsporterfinder und Eimerwurfsportexperte Jasper, würde dann die unschlagbare Wurftechnik haben und zum ersten Inselmeister, nein, zum ersten Eimerflugweltmeister gekrönt werden. Er war begeistert. Was für eine Idee. Warum zur Hölle war da noch niemand drauf gekommen? Auch das musste er nachher erzählen. Heute war ja richtig was los auf der kleinen Insel.

*Pazifische Auster*

Die zahlreichen Wasserflächen, an denen er vorbeistapfte, waren alle unruhig, viele Miniwellen, vom Wind aufgeregtes Wasser. Das fand Jasper ziemlich doof, denn normalerweise konnte man in diesen Prielen recht einfach Strandkrabben oder Fische entdecken. Aber vielleicht war es ganz gut, dass er eine Ablenkung weniger hatte, schließlich war er nicht nur zum Spaß hier. Es ging um die nächste Taschengeldaufbesserung. Und endlich fand er die ersten freiliegenden Muscheln. Ein paar Herzmuscheln, die jedes Kind kannte, dann die dunklen Miesmuscheln, von denen es immer weniger gab. Und da sah er sie, die Austern. „Viel Gedöns drumrum", dachte er, weil einiges an Grünzeug noch an den Muscheln hing, das er erst einmal abmachen musste. Ja, da waren ein paar gute dabei, das sah er sofort. Er wusch sie ein wenig ab, damit er nicht so viel Matsch durch die Gegend schleppte, und legte sie in den Eimer, der endlich etwas Gewicht bekam und nicht mehr wegzufliegen drohte.

Im Nu war der erste Eimer gefüllt und zurück ging es zum Anhänger, um die Muscheln in die Wanne umzufüllen. Diese Stelle war gut, er pendelte für eine weitere Ladung hin und her. Selbstverständlich zählte er genau mit. Seine Beute waren 38 Austern und Mathe war genau sein Ding. Somit wusste er: Nur noch zwölf Muscheln und die 25 Euro für 50 Austern waren geritzt. Diese letzten zwölf wollte er an einer anderen Stelle einsacken, denn etwas fehlte noch: der Queller.

Eine kleine grüne Pflanze, die es am Rand des Watts gab. Sie war seit Urzeiten eine beliebte Beilage, sowas wie ein Salat für die Insulaner. Jasper hatte letztens gehört, dass auch die Leute vom Festland mehr und mehr vom Queller essen, weil er so gesund sein soll. Für Erik brachte er ab und zu einen halben Eimer davon mit, manchmal bekam er dafür etwas Geld, manchmal aber auch nicht. Das kam auf die Tagesform dieses launischen Knurrhahns an. Somit ging er am Rand des Watts Richtung der Salzwiesen los, um sich den Queller zu schnappen und auf dem Rückweg noch die Muscheln einzuheimsen.

*Queller*

Der Wind nahm an Stärke weiter zu. So langsam wurde es ungemütlich. Die Wolken rasten über den Himmel und immer mehr davon waren richtig dunkel. Wie gut, dass er gleich fertig war. Vor der Rückfahrt graute es ihm schon. Schnell, weiter. Den letzten Eimer noch. An den Salzwiesen angekommen, stellte er fest, dass es nicht mehr viel von der Pflanze gab. Jetzt, im September, war die beste Erntezeit vorbei, aber ein paar Handvoll fand er noch. Es begann zu regnen, ganz fein, mehr von der Seite als von oben, die Tröpfchen trafen ihn überall. Er wollte gerade umdrehen, blickte noch einmal über den Horizont und erschrak. Er bekam dieses Gefühl, das entsteht, wenn man etwas sieht, was da nicht hingehört. So ein mulmiges Körperdings.

„Was ist denn hier kaputt?", rief er.

Vor ihm, in ein paar hundert Meter Entfernung, lag eine Ansammlung von Seehunden am Strand. Das … Das … Das war ein Ding. Er stellte den Eimer hin, Wind und Regen waren auf einmal völlig egal. Nur die Sicht wurde zunehmend schlechter. Er konnte nicht genau erkennen, um wie viele Tiere es sich handelte, er wusste nur: Das hatte es hier noch nicht gegeben. So lange er auf der Insel lebte, und das waren zwölf Jahre, waren die Seehunde dort, wo sie hingehörten: auf Sandbänken, draußen vor der Küste. Ungestört von jedem Menschen. Höchstens einmal von einem Boot besucht, mit Touristen drauf, die ein paar Fotos machen wollten. Jakobson hatte ihn und Greet schon öfter mal mitgenommen, Greet hatte eine ganze Sammlung von Seehundfotos zu Hause. Sie wird ausflippen, wenn er ihr das erzählte. Mann, noch was zu erzählen, er sollte sich wohl langsam ein paar Notizen machen, damit er ja nichts vergaß. Baby-Ebbe, Eimermeisterschaften, Seehundlager am Strand.

„Au Backe!", sagte er plötzlich. Ihm fiel es wie Schuppen von den Augen: Die Seehunde suchten Schutz auf der Insel! Die flohen vor dem Sturm! Vielleicht stand der Insel ein richtiger Monstersturm ins Haus? Alter! Er schnappte sich den Eimer und rannte zurück Richtung Fahrrad. Die zwölf Austern, die er noch sammeln wollte, hatte er vergessen. Wenn man ihn so rennen sah, wusste man: Er hatte jetzt wirklich Wichtigeres zu tun.

## Kapitel 11

# Klönschnack mit Folgen

*Wir sitzen zusammen und trinken noch einen.*
*Wer gar nicht gut wegkommt, muss an die Leinen.*

Es war Freitag, kurz vor fünf am Nachmittag. Der September-
himmel beeindruckte mit vielen Wolken, die auffallend schnell
unterwegs waren. Unten auf der Insel zog es den Menschen
kräftig um die Ohren. Wer nichts Wichtiges mehr zu tun hatte,
trollte sich nach Hause. Auch Hafenmeister Svensson machte
heute früher Schluss. Er kam gerade von seinem letzten Ha-
fenrundgang, seinem „Check", ob alles in Ordnung war. Immer
wieder mal war es eine Lampe, die kaputt ging, eine Leine, die
sich selbständig gemacht hatte und so Krimskrams, für den er
sich zuständig erklärte. Fiel meistens keinem auf, ihm schon.
Und allen gefiel das, denn draußen auf See gab es genug
Chaos und Gefahren. Da war ein sicherer und sauberer Hafen doppelt willkommen. So ging er mehrmals täglich seinen
Rundgang, schnackte mit den Menschen im Hafen und auf
den Booten. Jeder kannte jeden. Svensson war ein wichtiger
Mann auf dieser Insel, den man respektierte. Viele Jahrzehnte
war er selbst zur See gefahren, schon als junger Matrose bis
hin zum gestandenen Kapitän eines großen Kreuzfahrtschiffes. Doch eines Tages hatte ihm die Gesundheit einen Strich
durch die Rechnung gemacht. So war er auf seine Heimatinsel
zurückgekehrt, wo er weiter mit dem geliebten Meeresduft in

der Nase arbeiten konnte. Er war der geborene Hafenmeister, nie hatte die Insel wohl einen besseren gehabt als ihn.

Für heute betrat er ein letztes Mal sein kleines Hafenamt, ein putziges Häuschen, das ein großes, rundes Fenster hatte, ein schwarzes Brett hinter Glas an der Außenwand sowie einen Briefkasten. Er überprüfte die Lichtanlage für den Abend, schrieb ein paar abschließende Worte über den immer kräftiger werdenden Wind ins Hafenbuch, ging wieder nach draußen und drehte den Schlüssel in der Tür um. Schluss für heute. Die Dringlichkeitssitzung des Inselrats stand auf dem Plan.

Nur ein paar Meter entfernt, sorgte Erik bereits seit mehr als einer Stunde dafür, dass es schön „muggelich" in seiner Hafenkneipe wurde. Zuerst hatte er versucht, den dicken Kneipendunst auszulüften, was einfach nicht gelang. „Nie mehr als fünf Minuten Frischluft im Knurrhahn", tönte er, nachdem die Tür mit Schwung vom Wind zugeschlagen wurde. Dann wischte er die Tische ab und heizte den Ofen an, denn die erste Kaltfront des Jahres machte ihrem Namen alle Ehre. Aus dem Keller holte er einen edlen Tropfen, einen Rum, der in einem Fass bereits über die Weltmeere gefahren war. Alle Zeichen sprachen dafür, dass etwas Besonderes bevorstand.

Eriks Kneipe „Zum finsteren Knurrhahn" war weit über die Insel hinaus bekannt. Benannt nach einem griesgrämig dreinschauenden Fisch, dem Knurrhahn, der am liebsten tief unten im Meeresdunkel lebt, diente dieser skurrile Ort echten Seebären als Treffpunkt der Glückseligkeit. Hier tranken Kapitäne bei schummrigem Licht zwischen löchrigen Fischernetzen in Ruhe ihr verdientes Feierabendbier. Bunt bemalte Holzfiguren von alten Booten starrten von den Wänden, zwischen allerlei Fischattrappen wurde so mancher unanständige Matrosenwitz gerissen und neben den vielen Schiffsmodellen unglaubliches Seemannsgarn erzählt. Die Polizei kümmerte sich nicht darum, wie lange hier nachts gefeiert wurde, und kein Gast musste reden, wenn er nicht wollte. Kurzum, wenn man sich, warum auch immer, für ein Buch eine typisch nordische Hafenkneipe ausmalen müsste, der finstere Knurrhahn wäre das beste Beispiel dafür.

Der erste Knurrhahngast heute war Frithjof, der alte Bürgermeister. Von Natur aus klein gewachsen war er ein sehr gemütlicher und ausgeglichener Mann. Sein dicker Bauch passte so gut zu ihm, dass man glaubte, er war vor langer Zeit eines dieser ganz runden Babies gewesen. Man konnte ihn sich dünn nicht vorstellen. Inselpolizist und Spargeltarzan Knut folgte seinem Bürgermeister auf dem Fuße. Ungeschickt wie immer stolperte er durch die Tür. Unterschiedlicher konnten zwei Menschen gar nicht sein. Urkomisch war der Anblick dieser beiden, wenn sie nebeneinanderstanden. Der eine so groß, dass er ohne Leiter in die Dachrinne kucken konnte, und so dünn, dass er im Sommer bestimmt keinen Schatten warf. Der andere so klein, dass man ihm Hilfe anbieten wollte, um auf einen Barhocker zu kommen – aber auch so rund, dass man das nicht schaffen würde.

„Nu, die Mächtigen der Insel sind schon da", rief Erik laut hörbar aus der Küche rüber an die Bar.

„Moin!" kam es wie aus einem Munde von Knut und Frithjof zurück. Die zwei legten ihre Mäntel ab und rutschten auf die gemütlich ausgepolsterte Bank am runden Stammtisch. Dieser war in einer Ecke mit viel Holz eines alten Segelschiffs ausgebaut. Eine echte Schiffsglocke hing über dem Tisch, die bei allen möglichen Gelegenheiten geläutet werden konnte.

Erik kam aus der Küche und begrüßte die beiden persönlich.
„Moin! Und?"
„Nuja."
„Joah."
„Nu, dann is ja gut."
Die Stimmung war seltsam angespannt. Erik dachte gleich an den Rum, der später sicher helfen würde. Da ging die Tür auf. Und plötzlich war es, als schiene die Sonne herein. Nele betrat den Raum. Sie brachte noch in die dunkelste Höhle ihren Glanz. Sie leuchtete, auch ganz ohne ihren Turm. Neben ihrem blendend guten Aussehen war ihre gute Laune ansteckender als jeder Schnupfen.
„Männer!", rief sie in einem lachenden Ton, wie nur sie es konnte. Ihre langen strohblonden Haare fielen über ihr Gesicht, als sie die graue Wollmütze mit Stern vom Kopf zog.
Erik schloss sie in seine Arme und Frithjof mühte sich ab, schnell wieder um den Tisch herum von der Bank herunterzukommen, um sie ebenfalls herzlich zu begrüßen. Knut kam ihm dabei mit seinen langen Gräten ganze drei Mal in die Quere.
„Moin, Nele, schön, dass du auch da bist!"
„Na, klang ja auch wichtig", antwortete sie.
„Joah, wird nicht einfach heute."
„Hast du Jakobson gesehen?"
Im selben Moment kamen, zusammen mit einer kräftigen

Windböe, Svensson und Jakobson zur Tür herein. Hansen konnte man von draußen bellen hören. Normalerweise kam er immer mit herein. Heute nicht.

„Moin!"

„Moin!"

„Moin!"

„Moin."

Und noch bevor sich alle hingesetzt hatten, stand jetzt auch Ole im Knurrhahn, der mit Rike zusammen vom Wind praktisch hineingeschoben wurde. Erik bemühte sich besonders aufmerksam um Rike und hängte ihre Jacke an die Garderobe. Er hatte ausgezeichnete Laune und rief: „Immer rrrrrin in die gute Stube!"

Bürgermeister Frithjof läutete die Schiffsglocke. Die Dringlichkeitssitzung des Inselrats begann. Frithjofs Gesicht zeigte einige Sorgenfalten, was ungewöhnlich für ihn war.

„Nu gut, hilft ja nix, wir haben Wichtiges zu klären", startete er.

„Joah, ich bin auch schon ganz aufgeregt. So 'ne Hochzeit muss ja gut geplant sein!"

Svensson stieß Erik mit dem Ellenbogen in die Rippen.

Frithjof kuckte irritiert, schüttelte den Kopf und machte weiter: „Ole, du hast mir berichtet, dass du die Überfälle von Herrn Hansen auf deine Herde nicht mehr duldest. Du forderst, dass wir eine Regelung finden dafür ..."

„Richtig. Das geht so nicht mehr. Meine Herde ist schon ganz ängstlich!"

Erik holte erneut Luft, hob den Zeigefinger, wollte etwas sagen, doch Svensson trat ihm mächtig auf den Fuß, sodass nur noch ein „Autsch!" von ihm zu hören war.

Bevor Jakobson antworten konnte, legte Nele los: „Männer, der Herr Hansen ist ein ganz ein lieber Hund. Ihr kennt ihn. Der kann keiner Fliege was zuleide tun. Der will doch nur spielen!" Nele sprach oft aus, was Jakobson dachte. Alleine dafür bewunderte er sie regelmäßig.

Da schrie Ole: „Der soll mit den Fischen auf dem Kutter spielen!" Ihm platzte die Hutschnur wegen dieser Verharmlosung. Er schlug mit der Faust auf den Tisch. Alle bis auf Frithjof zuckten zusammen. Der Schäfer brüllte weiter: „Ich will, dass der angeleint wird!" Nele ahnte, was gleich passieren würde, und nahm Jakobsons Hand.

Der Fischer schaute kurz Richtung Tür, atmete tief ein und aus und drückte Neles Hand. Er fuhr sich dann durch den Bart und sagte mit ruhiger Stimme zu Ole: „Wie immer im Leben gibt es ja mindestens drei Möglichkeiten."

Die Spannung im Raum stieg. Die alten Seemannslieder aus dem Lautsprecher konnte man jetzt deutlich hören, da keiner mehr einen Mucks machte. Alle hingen an Jakobsons Lippen.

„Nu, Jakobson, sprich!", forderte Frithjof, fast schon ungeduldig.

„Nummer eins ist, wir holen Hansen rein und sprechen mit ihm. Er ist ein vollwertiges Mitglied dieser Insel, wenn er auch ein büsch'n viele Haare hat. Er ist mein Erster Offizier, Leitender Maschinist, er ist meine Crew."

Nele nickte zufrieden, doch Ole und auch Frithjof winkten ab.

„Nummer zwei ist, die Schafe von Ole kriegen einen Zaun von mir spendiert. Von mir aus auch so ein Elektrodings, dann wäre auch das Flitzi Flitzeproblem gleich gelöst."

Nele grinste.

„Aber Jakobson, für Hansen sind Zäune doch kein Hindernis."

Allgemeines Nicken in der Runde.

„Nu gut, dann gibt es noch drittens."

Jeder erwartete, dass Jakobson jetzt seine Bereitschaft äußerte, Hansen ein Halsband mit Leine zu kaufen.

„Nummer drei ist, du nimmst deine Schafe an die Leine."

Betretenes Schweigen machte sich breit. Erik biss sich bis an die Schmerzgrenze auf die Zunge, zog die Augenbrauen hoch und schaute aufgeregt in die Gesichter seiner Gäste. Oles Kopf wurde in Sekundenschnelle von unten nach oben rot. Die Luft schien sich elektrisch aufzuladen.

Genau das war Eriks Moment: „Darauf erstmal einen Rum! Ich schmeiß´ne Runde!"

„Das find ich gut!"

„Was? Dass ich meine Schafe anleinen muss? Sonst alles frisch bei euch?"

„Nein, nein, das mit dem Rum für alle, her damit, Erik."

Es ging drunter und drüber. Während Nele damit beschäftigt war, Jakobsons Hand festzuhalten und ihm etwas ins Ohr zu flüstern, sorgte sich Frithjof sichtlich um den Inselschäfer, dessen Blutdruck immer höher stieg, je länger der Inselrat tagte. Die Nachfrage von Svensson, ob Hansen vielleicht als Erster Offizier auf der Inselfähre bei Jaspers und Greets Eltern anheuern könnte, machte den Fall nicht wesentlich einfacher. Erik kam gar nicht hinterher, den Rum in die Gläser zu schenken, so schnell wurde getrunken.

Mit einem lauten Knall flog die Tür auf und Jasper betrat den Knurrhahn. „Ach, kuck, der Lütte!", rief Erik.

Durchnässt und völlig außer Atem stellte sich der Junge vor die versammelte Inselratmannschaft und japste: „Moin zusammen, ich ... ich war gerade am Watt!"

„Da waren wir auch schon mal, schön da. Aber das Meer fehlt mir da immer", sagte Svensson schlagfertig.

Rike rutschte ein Stück zur Seite und klopfte neben sich auf die Bank. „Jetzt mal ruhich, Großer. Erstmal atmen. Dann setzen. Trink was. Dann erzählst du."

Erik stellte für Jasper ein Glas Rum hin. Nele schüttelte den Kopf und schnappte sich das Glas.

„'Ne Limo, Erik, 'ne Limo für Jasper!"

„Also, Jung, warum so blass um die Nase?"

„Ich ... Ich ... Die Ebbe, sie ist kaum da. Eine richtige Baby-Ebbe. Du kannst keine fünfzig Meter rauslaufen, ich war beim Austernsammeln, das Wasser ist gar nicht wie sonst abgelaufen!"

„Joah, das hab ich mir schon gedacht, der Sturm wird wohl doch heftiger als vorausgesagt!"

„Ja, aber Svensson, die Seehunde!"

„Wie, Seehunde? Was ist mit den Seehunden?"

„Sie liegen am Strand, an der Bucht, bestimmt dreißig, vielleicht vierzig Seehunde!"

„WAS? Und du erzählst uns kein SEEMANNSGARN hier, ja?", fragte Knut kritisch.

„Aber nein!", quietschte Jasper. „Die liegen da, das haben sie noch nie gemacht, oder? Was soll das bedeuten?"

„Kinners", begann Frithjof, „doch, doch, das gab es schon mal. Das war vor dreißig Jahren. Und ich sag es euch nicht gern. Danach kam die große Sturmflut."

Plötzlich war Jasper nicht mehr allein mit seiner blassen Ge-
sichtsfarbe.

Jakobson sagte: „Auf die Tiere sollten wir achten, sie sind besser als jede Computervorhersage. Aber lasst euch auch sagen:
Die Sandbank, auf der sie normalerweise sind, ist dieses Jahr
durch die Strömungen um Einiges kleiner als in den letzten
Jahren. Somit brauchte es nicht viel, um die Tiere zu uns an
die Insel zu treiben. Ich meine: Das muss nicht der Vorbote für
eine große Katastrophe sein."

*Seehund*

„Aber SICHER IST SICHER, wir sollten ein paar Vorsichtsmaßnahmen treffen und INFOS sammeln, so viele wie möglich",
rief Knut aufgeregt.

„Ja, lasst uns das sehr ernst nehmen und die Leute warnen",
sagte Frithjof.

„Ich hatte vor, heute Nacht nochmal rauszufahren", bemerkte Jakobson. „Dann kann ich euch morgen sicher auch mehr
dazu sagen. Ich höre mal in die See hinein, was sie so erzählt."

Von Hansen redete keiner mehr. Und das gefiel Ole gar nicht.
„Lasst uns morgen Alarm schlagen, ich werde meine Schafe in
den Stall treiben, die kriegen sonst einen Herzkasper von dem
ganzen Sturmgedöns. Aber vergessen wir den Hansen nicht.
Was is nu? Ich will ernst genommen werden! Ich spreche hier
für meine Schafe. Es gibt ja auch viele Hunde von Inselgästen,
die da frei rumrennen. Keiner macht sich Gedanken. Die Hunde verbreiten Angst und Schrecken bei meiner Herde, wenn
sie denen zu nahe kommen! Schafe und Hunde, das geht nicht
gut."

„Hast du schon einmal an einen Schäferhund gedacht, Ole?"
Ole verdrehte die Augen.

Frithjof, der mit dem Sturm ein ganz anderes, größeres Problem auf sich zukommen sah, sprach ein Machtwort: „Jakobson, ich trage dir nicht auf, dass du Hansen den ganzen Tag an
die Leine nehmen musst. Aber dort, wo Ole mit seinen Schafen ist, hat dein Hund zukünftig an der Leine zu laufen. So wie
alle anderen Hunde auch. Die Schafe sind wichtig für uns. Sie
pflegen die Deiche, die uns vor Fluten schützen. Sie mähen
das Gras, ohne die Wurzeln zu beschädigen, sie treten den

Boden fest, ohne Löcher zu machen. Für ihren Schutz muss ich etwas tun. Hunde in der Nähe von Schafen an die Leine! Das ist mein Vorschlag für eine neue Inselverordnung zum Schutz der Schafe. Wir stimmen ab."

„Seehunde sind ausgeschlossen, ja?"

„Ruhe jetzt! Wer ist für den Antrag?"

Jasper blieb die Spucke weg. Er blickte sich um. Wer würde Hansen an die Leine legen lassen?

Der Einzige, der die Hand hob, war Jakobson. „Wenn das für alle Hunde gilt, Seehunde ausgenommen, und die Schafe damit auch vor den gefährlichen Hunden geschützt werden können, dann kann ich das mit der Leine dem Hansen schon beibringen", sagte er. „Stellt aber auch ein paar Schilder auf für die Urlauber und deren Hunde, hängt das ans Schwarze Brett und sagt das den Vermietern. Sonst macht das keiner."

Die Erleichterung war spürbar. Alle hoben jetzt die Hand.

„Darauf einen Rum!", juchzte Erik.

Jeder wusste, dass er diesen Satz auch bei jedem anderen Ergebnis geschrien hätte.

„Gut, Kinners, ich werde eine Verordnung erlassen, diese wird in der Zeitung veröffentlicht und ich hänge sie am Rathaus aus", rief Frithjof in die Runde.

„So machen wir's", sagte Svensson. „Sach mal, Jasper, hast du nicht was von Austern gesagt?"

Dem Jungen stand der Mund offen. Seehunde am Strand, ein sich nähernder Mega-Sturm, Hansen nie mehr Spaß mit Hermann und der Schafsherde? Was sollte heute noch alles passieren?

Es war kurz nach sechs auf der Insel. Er brachte die Austern rein, die er bisher vor lauter Aufregung vergessen hatte. Der Inselrat beschloss einstimmig, eine Runde überbackene Austern aus dem Ofen würden schon noch ins Programm passen, schließlich musste man weiter über den Sturm reden. Und so wurde es acht Uhr am Abend, bis Jakobson an diesem Tag in Richtung seines Häuschens fuhr. Gern wäre er früher nach Hause gekommen, da er heute Nacht aufstehen wollte, um fischen zu gehen. Schlaf war aber sowieso etwas, was in seinem Leben zu kurz kam. So strampelte er auf seinem Fahrrad nach Hause – bei heftigem Seitenwind und in Begleitung von Hansen. Auf der ganzen Fahrt dachte er darüber nach, wie er die neue Leinenpflicht seinem haarigen Kutterkumpel beibringen sollte.

Was zu diesem Zeitpunkt noch keiner wissen konnte: Der heutige Hundeleinen-Beschluss auf der Insel wurde im Lauf der nächsten Jahre zu einer festen Regel an vielen Nordseestränden. Schafe profitieren bis heute von dieser Regel, auch wenn sie nicht alle Hundebesitzer verstanden haben und sich daran halten. Herr Hansen hatte mit seiner Aktion eine Art Nordsee-Gesetz zustande gebracht. Welcher Hund kann das schon von sich behaupten?

# Auf zur Nachtfahrt

*Der Fisch wartet nicht, ich steh recht früh auf.*
*Sonst gibt es das Brötchen mit ohne Fisch drauf.*

Wie so oft wachte Jakobson auch heute ein paar Minuten vor seinem Wecker auf. Er schaltete ihn aber nicht aus. Erst das Klingeln war es, was den Wecker wirklich zum Wecker machte. Was ihm seinen Sinn gab. Er wartete somit auf das rostige Bimmeln und lauschte in der Zwischenzeit dem Meer, das er durch das geöffnete Fenster deutlich hören konnte. Ohne es zu sehen, verriet es Jakobson alleine am Geräusch, wie es gelaunt war. Heute war es laut. So würden es Menschen wie du und ich beschreiben. Der Fischer hörte mehr. Er hörte Aufregung. Er lauschte dem Rauschen der Wellen und hörte auf den Klang der Brandung, wie die Wellen zischend, schlagend oder ruhig an der Küste anlandeten. Meist erkannte er bereits an diesen Geräuschen, ob es sich lohnen würde, aufzustehen und mit seinem Kutter Wellenbeißer rauszufahren.

Es bimmelte. Ein jämmerlich schepperndes Geräusch des alten Weckers, den man bereits vor zehn Jahren mit gutem Gewissen hätte wegwerfen können. Doch abermals hatte er auch heute wieder seinen Job tadellos erledigt. Jakobson grinste und sagte zu Hansen: „Was uns dieser alte Wecker schon Zeit gekostet hat!". Es war zwei Uhr. Mitten in der Nacht. Hansen, der wie immer neben Jakobsons Bett auf einem alten Teppich schlief, rollte sich über den Rücken mit angezogenen Pfoten auf die andere Seite. Er knurrte kurz und vergrub seine Schnauze unter einer seiner riesigen Pfoten. Er mochte diese frühen Ausfahrten nicht sonderlich. Heute beschloss er, nicht aufzustehen, und grunzte unzufrieden vor sich hin. Warum musste sein Herrchen so oft so früh raus? Mit einem grummeligen Seufzen schlief er wieder ein. Jakobson verstand. Mit ruhiger Stimme sagte er zu ihm: „Bleib ruhig liegen, Großer. Könnte haarig werden. Der Sturm kommt bald an." Er stand auf und tat das, was er immer tat.

Zuerst setzte er Wasser zum Kochen auf, um seinen geliebten Tee zu machen. Jakobson mochte keinen Kaffee. Dann ging er nach draußen. Noch im Schlafanzug. Es hatte mächtig abgekühlt und der Wind blies ordentlich. Er schaute in den Himmel. Wie die Wolken standen, woher der Wind genau kam, wie das Meer in der Bucht unterhalb des Hauses aussah. Der Mond strahlte hell am Himmel. Nur ab und zu verdeckten ein paar Wolken sein Licht. Selbst die Heidelandschaft mit ihren vielen Hecken voller Strauchrosen konnte man heute Nacht gut erkennen. Er blickte sich um, fuhr mit der rechten Hand durch seinen vollen Bart und sagte: „Könnte haarig werden".

Er streckte sich und beschloss für sich selbst: „Wellenbeißer wird's schon schaukeln!"

Jakobson war niemand, der das Risiko und den Nervenkitzel suchte. Oft war es aber genau das eher raue Wetter, das einen guten Fang versprach. Immer wieder eine Entscheidung. Und jeder Tag anders. Der Sturm, den der Wetterdienst angekündigt hatte, war erst für den nächsten Abend zu erwarten. Bis dahin war Zeit und er planmäßig schon lange wieder im Hafen zurück. Er hatte meist ein sicheres Gespür für das Wetter der nächsten Stunden und beschloss, rauszufahren. Durch die letzten Sommertouristen auf der Insel konnten alle seine Kunden derzeit jeden Fisch gut brauchen.

Er ging wieder hinein und goss seinen Tee auf. „Ohne Tee kein Fisch" war sein Motto. Und zum Tee gehörten Schnitten. Leckeres, von Nele selbst gebackenes Brot mit was drauf. Butter und Schinken, Salami, Käse, jeweils zwei, dick belegt, denn Seeluft macht so richtig hungrig. Ein Liter Tee, zwei Liter Wasser, zwei Äpfel noch dazu. Das sollte für eine Fangfahrt reichen. Er verstaute alles in seinem blauen Rucksack, zog sich an und, siehe da, Hansen stand vor ihm. Mit kleinen Augen, ziemlich trottelig verschlafen.

„Na, Großer, willst du doch mit? Mithelfen? Mein Erster Offizier ist mit dabei, na, dann kann der Tag ja kommen!"

Hansen wedelte mit dem Schwanz, kam zu ihm und gab ihm einen Stupser. Jakobson streichelte ihn liebevoll am Kopf und klopfte ihm anerkennend auf die Flanke.

„Find ich prima. Dein Fressen bekommst du auf dem Boot. Bereit für das nächste Abenteuer?", fragte der Fischer seinen Hund. „Wooouuuuuuff", dröhnte es noch etwas heiser aus Hansens Kehle. Er war so bereit, wie ein Hund um zwei Uhr nachts bereit sein konnte. Unterhaltungen zwischen Jakobson und Hansen dauerten nie sehr lange, waren immer klar und unmissverständlich. Die beiden waren ein eingespieltes Team.

Und los ging es. Raus aus der Tür. Der Fischer rauf aufs Fahrrad, der Hund schon voraus. Ab auf den Feldweg durch die Heide Richtung Wald. Ziel: Hafen. Jakobson war jeden Tag aufs Neue erstaunt darüber, wie viel Energie dieser Hund in sich hatte. Gerade noch die Müdigkeit im Wolfspelz, jetzt ein schwarzer Wirbelwind im Mondlicht, nur als Schatten ein ganzes Stück weiter vorn zu sehen. Die Leine war noch kein Thema. Die Schafherde konnte am anderen Ende der Insel in Frieden vor sich hinschlummern.

Nach ein paar hundert Metern führte der Weg in den Inselwald. War es üblicherweise zuerst der Duft, den Jakobson im Wald wahrnahm, so hörte er heute den Wind mit den Bäumen spielen. Es war ein Rauschen, ganz anders als auf dem Meer. Tausendfach stellten sich Blätter und Äste dem Wind in den Weg und erzeugten ein Kuddelmuddel an Geräuschen. War es ein Rascheln? Er suchte nach dem passenden Wort. Er stellte sich einen alten Besen vor, der über einen Stein fegte. Das klang nicht genau so, aber doch ähnlich. Die Bäume mit ihren vielen Ästen kehrten die Luft? Er schmunzelte. Letztlich hörte er das Geräusch, das der Wind mit den Bäumen machte, oder besser die Bäume mit dem Wind. Die Bäume schüttelten sich.

Auf dem Wasser war es anders. Dort zischte der Wind mit voller Wucht über die Wellen, traf auf das Boot und peitschte ins Gesicht der Seeleute. Dann pfiff es gehörig, je stärker der Wind, desto weniger hörte man noch das rauschende und sprudelnde Meer. Zwei völlig unterschiedliche Welten. Auf einem Planeten. Er war immer zufrieden mit sich, wenn er für seine kleinen Beobachtungen Erklärungen fand. Er bekam dadurch jedes Mal das Gefühl, etwas mehr vom Leben verstanden zu haben.

Der Fischer kam im Wald schneller voran als außerhalb. Er sah die Bäume am Mond vorbeifliegen und es dauerte keine fünf Minuten, dann kam er an die kleine Wegkreuzung. Er wusste genau, was jetzt passierte. Mit einem großen Satz sprang Hansen hinter einem Baum hervor und „erschreckte" Jakobson mit einem tiefen Bellen, rannte auf ihn zu, drehte im letzten Moment wieder ab und brauste davon. „Ahoi, Großer! Du Racker. Du bist einfach ´ne Wucht!", schrie Jakobson zurück. Spätestens jetzt waren also alle Waldtiere wach. Zwei Uhr und fünfunddreißig Minuten. Mitten in der Nacht. Solch ein Radau. Unverantwortlich. Jakobson lachte laut heraus über seinen Schlingel im Hundepelz, der schon wieder – zack, zack – vorausgerannt und nicht mehr zu sehen war. Kurz danach meinte Jakobson ein „Määääh!" gehört zu haben. Aber das konnte nicht sein. Etwas später kam er aus dem Wald heraus und in die Stadt. Die Häuser lagen im Dunkeln, nur bei Bäckerin Smilla brannte bereits Licht. Noch so ein Beruf für Frühaufsteher.

Als der Fischer mit seinem Fahrrad am Hafen ankam, war Hansen schon an Bord. Der Hafen wurde nachts immer von ein paar Laternen erleuchtet. Die Wellenbeißer lag an Liegeplatz eins, ganz vorn, schnell erreichbar. Gut für die Kunden von Jakobson und bequem für den Fischer und seinen Hund. Hansen hatte bereits wie immer die Kajütentür mit seinen Pfoten geöffnet und gründlich geschnüffelt, ob alles „in Ordnung" war. Bevor Jakobson an Bord ging, radelte er noch kurz ein paar Meter weiter zum Hafenamt. Der Fischer warf einen Zettel in den dafür vorgesehen Briefkasten. Auf dem Zettel hatte er notiert: die Abfahrtszeit des Kutters, die Besatzung, 1x Jakobson, 1x Herr Hansen und den Zweck der Fahrt: Fischfang. So meldete er sich mit seinem Schiff ab, wenn Svensson noch nicht da war. Viele Hafenmeister interessierte sowas nicht. Doch Svensson mochte es ordentlich. Und Jakobson gefiel das. Ein guter Hafenmeister kümmerte sich und sorgte damit auch für Sicherheit. Warum Svensson allerdings der Zweite auf der Insel war, den alle nur mit seinem Nachnamen ansprachen, wusste keiner so genau.

„Jetzt aber los!", sprach Jakobson, zurück an Bord. Hansen bekam seine Schüssel Futter, denn niemand sollte ohne Frühstück die Arbeit beginnen müssen. Auch nicht nachts um zwei Uhr und fünfzig Minuten. Der Hund haute rein, er wusste, dass Jakobson draußen auf See wenig Zeit für ihn hatte. Er fraß seinen Napf leer und schmatzte zufrieden. Jakobsons Handgriffe waren alle Routine. Zigtausendmal hatte er all das schon getan. Er verstaute seinen Rucksack mit seiner Brotzeit in einem Schränkchen unter Deck, die Thermosflasche Tee und eine Wasserflasche kamen in spezielle Halterungen in der Nähe des Steuerrads. Hier konnten sie nicht umfallen und waren stets griffbereit. Er schaltete das Echolot an, ein Computer, der ihm über einen Monitor immer die Tiefe des Wassers anzeigte. Dann das GPS, noch ein Computer, der ihm die genaue Position seines Schiffes auf der Karte verriet. Seine Geräte an Bord konnten ihm sogar anzeigen, wie Ebbe und Flut gerade lagen, ob ablaufendes Wasser war oder zulaufendes, ob das Wasser also sank oder stieg. Ein Kapitän war heutzutage bestens informiert. Und dennoch: Nichts konnte die Erfahrung ersetzen, niemand konnte das Wetter genau und auf die Stunde und für jeden Ort vorhersagen. Es war letztlich immer der Kapitän, der ein Gefühl für das Wasser, das Wetter und das Boot haben musste und nach seinem Wissen und seinem Bauchgefühl entschied. Wie wichtig das heute war, würde sich schon bald zeigen.

Er zog seine Gummistiefel, eine dünne rote Rettungsweste und das so genannte Ölzeug an: Dicke wasserfeste Hosen mit Hosenträgern sowie eine Jacke, die ihn vor dem Wasser schützten. Dann legte er sich bäuchlings auf die Planken des Boots, öffnete die Motorraumabdeckung und legte einen Schalter um. Deckel zu, Zündschlüssel umgedreht. Der alte, zuverlässige Dieselmotor sprang mit dem typischen Tucker-Tucker-Geräusch an. Lichter anschalten. Leinen los. Suchscheinwerfer nach vorn, den Weg genau ausleuchten. Langsame Fahrt, vorsichtig an den anderen Booten vorbei auf die Hafenausfahrt zu. Im geschützten Hafen war das Wasser verhältnismäßig ruhig. Jakobson liebte das Geräusch, wenn das Meer an den Booten und der Hafenmauer anklatschte. Jetzt war das Tuckern der Dieselmaschine lauter. Um diese Uhrzeit verzichtete der Fischer auf das laute Hupen seines Kutter-Horns, was er sonst üblicherweise beim Verlassen oder beim Einfahren in den Hafen anschaltete. Er wollte nach den Waldtieren nicht auch noch die ganze Stadt aufwecken – und mit Gegenverkehr war um die Uhrzeit beim kleinen Inselhafen nicht zu rechnen.

Um kurz nach drei Uhr nachts fuhr die Wellenbeißer aus dem Hafen raus aufs Meer. Sobald sie die Hafenausfahrt verließ, wurden die Wellen deutlich spürbar. Der Kutter musste heute seinem Namen wieder einmal gerecht werden. Das Meer war ruppig. Die Wellen zerrten an allem, was ihnen im Weg stand. Jakobson war vorbereitet und die Wellenbeißer hatte schon Schlimmeres erlebt. Also weiter. Der Fischer drehte das Boot auf seinen Kurs ein und gab mehr Fahrt voraus. Einzig Hansen fragte sich bei dem beginnenden Geschaukel, warum er eigentlich mitgegangen war. Das mit den Wellen hatte ihm keiner gesagt. Oder doch? Egal. Er zog sich an seinen Lieblingsplatz unter Deck zurück: die Koje, ein urgemütliches Bett mit hohem Holzrahmen, voller Decken und einem zerknautschten Kuscheltier. Wen wunderte es, dass Hansens Kuscheltier ein Schaf war? Er kuschelte damit, wenn er auf dem Kutter war. Die Koje im Boot war seine, denn Jakobson brauchte sie auf seinen Fischfangfahrten nicht. Das einzige Bett an Bord gehörte dem Hund. Zustände waren das. Hansen hatte ein verdammt gutes Leben. So viele Plätze, die einfach gut zu ihm waren. Nur diese Wellen ...

„Eine gute Mannschaft hält das aus!", sagte Jakobson zu ihm aufmunternd runter. Dann rief er laut „Ahoi" aufs Meer, wie er es immer tat – drehte die Wellenbeißer in den Wind und legte die Hebel nach vorn auf den Tisch: Er gab volle Kraft voraus.

## Kapitel 13

# Von Fischen und Fischern

*Das Wasser mag toben, das Wasser mag schäumen.*
*Der Hund hat's gemütlich, er ist süß am Träumen.*

Ein kräftiger Sturm tobte über dem Nordatlantik. Vorausgesagt war, dass er sich langsam, aber sicher der Nordseeinsel nähern würde. Jede Menge Ärger konnte das bedeuten. Und bereits jetzt war es ungemütlich. Jakobson spürte die Vorboten. „Büsch'n Unruhe im Wasser", sagte er vor sich hin – wie immer recht trocken mit einem Hang zur Untertreibung. Auch ohne Wetterbericht wusste er anhand von Meer, Wind und Himmel, dass sich da etwas zusammenbrauen würde. Er fuhr deswegen heute nicht zu weit raus, dafür war es bereits zu ruppig. Der Wellengang würde es für das Boot und die zweiköpfige Besatzung wieder mal besonders anstrengend machen. Und was machte der Fischer? Er pfiff ein Lied vor sich hin. Nicht, dass er es selbst gehört hätte, denn der Wind pfiff lauter als er und die Maschine der Wellenbeißer arbeitete unter Volllast auch nicht gerade leise. Aber das Boot schnitt brav durch das Wasser, Hansen machte keinen Mucks und schlief in der Koje. So war der Kapitän erst einmal mit der großen Welt, dem vertrauten Meer und seinem kleinen Boot zufrieden. Er fuhr die nächste halbe Stunde stur auf einen Punkt zu, an dem er heute fischen wollte. Die Sicht war wegen des Mondlichts gut, Neles blinkender Leuchtturm wurde hinter ihm immer kleiner und die Karte auf seinem Bildschirm zeigte seine Position an. Noch etwa fünf Minuten Kurs halten, der Rand einer großen Sandbank war das Ziel. Er nahm noch einen Schluck von seinem Tee aus der Thermoskanne. „Könnte was werden", sagte er. Ein Satz, der einen Menschen vom Festland ganz schön verunsichern würde. Bei Jakobson hieß das nur so viel wie: Läuft doch gut.

Als er an seinem Zielort angekommen war, beschloss er, das Netz zum ersten Mal für heute abzusenken. Er fischte mit einem Schleppnetz, das der Kutter hinter sich herschleppen musste. Je nach Fischart, die Jakobson fangen wollte, benutzte er unterschiedliche Netze, die in unterschiedliche Tiefen hinabgelassen wurden. Heute hatte er es auf Nordseegarnelen, die alle „Krabben" nennen, abgesehen. Das Meer war an dieser Stelle zu dieser Zeit nur ungefähr zwei bis drei Meter tief. Wenn man hier nicht aufpasste, konnte man mit dem Boot schon mal auf einer Sandbank aufsitzen und steckte im schlechtesten aller Fälle fest.

Besonders wichtig beim Krabbenfang ist es, dass die Tiere das Netz nicht zu früh sehen können. Denn sie sind nicht so dumm, wie viele denken. Auch Fische sind bei Gefahr ja schneller weg, als man kucken kann. Die kleinen Nordseekrabben können vom Meeresboden locker flockig über das Netz hinweg oder sogar aus dem Wasser herausspringen. In sehr flachem Wasser kann man am Tag hinter Fischkuttern tausende Krabben aus dem Wasser springen sehen, die einfach keine Lust haben, im Kochtopf zu landen. Deswegen fuhren schlaue Fischer schon immer nachts auf Fischfang – oder wenn das Wasser trüb war, etwa bei schlechtem Wetter.

Jeder Handgriff musste nun sitzen. Fehler an Bord waren nicht nur ärgerlich, sondern auch gefährlich. Schnell konnte Jakobson sich in Schnüren verfangen, an scharfen Gegenständen verletzen oder gar über Bord gehen. Es brauchte schon immer eine gehörige Portion Mut, Fischer zu sein – und eine ordentliche Portion Geschick, ein guter Fischer zu sein. Erfolgreich war man in diesem Beruf vor allem dann, wenn auch noch Glück dazukam. Ohne Glück ging auf See nicht viel. An einem Tag ist es auf der Seite der Fische, am nächsten Tag hat der Fischer mehr Glück. Ein ungeschriebenes Gesetz der See.

Der Wellengang nahm immer weiter zu. Jakobsons Arbeitsplatz schunkelte wie eine wilde Tanzveranstaltung. Plötzlich erwischte den Kutter eine sehr große Welle und eine ordentliche Ladung Nordseewasser ging auf Jakobson nieder. Sie traf ihn mit solcher Wucht, dass er in die Knie ging und ein kräftiges Stück zur Seite geschoben wurde. Kein Wunder, wenn man bedenkt, was Wasser wiegt und mit welchem Schwung einem auf See jederzeit ein paar Badewannen voll davon treffen können. Der Fischer schüttelte sich: „Och, büdde!", rief er in die Nacht hinaus und ließ das Schleppnetz unbeirrt über die Ketten ins Wasser rasseln. Die Wellenbeißer hatte es jetzt noch schwerer, vorwärts zu kommen. Das Gewicht und der Widerstand des Netzes zogen am Boot. Wind und Wetter taten ihr Übriges, der Kutter machte gerade zwei Knoten über Grund, das ist in etwa so schnell, wie ein Mensch spazieren geht. Immerhin fuhr die tapfere Wellenbeißer überhaupt noch vorwärts. „Was ein Wetter!", bemerkte der Fischer, als er sich zurück ans Steuerrad stellte, wo er vor Wind und Wasser besser geschützt war. Jetzt hieß es, das Netz eine Zeit lang zu schleppen und abzuwarten. Er konzentrierte sich darauf, das Boot stabil zu halten, der großen Sandbank nicht zu nahe zu kommen – und bugsierte geschickt das erste Wurstbrot mit einer Hand aus der Dose heraus, um genüsslich ein paar Bissen zu essen.

Von Hansen keine Spur. Es war ihm noch zu früh, der Bauch war wunderbar voll. Jakobson warf einen kurzen Blick nach unten. Der Hund schlief in seiner Koje und träumte von wilden Schaf-Verfolgungsjagden, die ihn sogar das mürrische Wetter vergessen ließen. Seine Pfoten schlugen in der Koje umher und ab und zu wuffte er ein paar Laute zwischen seinem Bart heraus. Jakobson grinste. Er konnte ihn sich an der Leine zwar immer noch nicht vorstellen, aber wat mutt, dat mutt, dachte er sich. Jetzt hatte der Hund erstmal eine Menge Aufgaben auf dem Kutter: Hansen war heute der „Moses", das ist der Jüngste an Bord eines Schiffes, er war gleichzeitig Bootsmann, also der Chef aller Matrosen und dann war er auch noch Erster Offizier, also der Vertreter des Käpt´ns. Alles in allem macht er bisher einen fehlerfreien Job an Bord, fand Jakobson.

So legte der Fischkutter mit seiner ungewöhnlichen Besatzung mühsam Meter um Meter durch die bissigen Wellen zurück. Diese Langsamkeit und das „Nicht-Wissen", wie viel man fängt, und ob überhaupt etwas im Netz sein wird, machte das Fischerleben aus. Genauso, wie das Leben an Bord eines Fischkutters gefährlich, anstrengend und kräfteraubend war, waren Menschen seit jeher an Bord aller möglichen Schiffe zum Abwarten gezwungen. Mit all den Nebenwirkungen, die das Warten mit sich brachte. Menschen, die dann mit sich selbst etwas anfangen können, langweilen sich nicht. Für Jakobson war es ein Geschenk, auf dem gewaltigen Meer seinen Gedanken nachhängen zu können. Hier hatte er Zeit dafür, hier wurde er nicht gestört. Sein Kutter war der Platz, an dem er ein Problem, eine Idee oder einen Plan in Ruhe durchdenken konnte. Meistens. Alle Menschen, die viel in der Natur unterwegs sind, weit weg von Klingeln und Telefonen, haben diesen Vorteil.

Während er sich so Minute um Minute darauf konzentrierte, genügend Abstand zu den Sandbänken zu halten, dachte er an frühere Zeiten. Wie alles begonnen hatte. Als er noch Kind gewesen war und kein Boot besaß, sondern seinem Vater nachschaute, wie dieser raus aufs Meer fuhr und, wenn alles gut ging, mit einem Netz voller Fische wieder in den Hafen kam. Immer wenn er Netze sah, wusste er, dass dies seine Bestimmung war. Das vertraute Spüren der Schnüre und der Anblick der Maschen erinnerten ihn so oft an diese Kindheit, als er jeden Schritt seines Vaters genau beobachtet hatte. Als er, noch zu klein, um mit dem Vater mit raus auf große Fahrt zu gehen, am Hafen eines Tages sein eigenes Netz geschenkt bekam. An der Hafenmauer durfte er es ins Wasser hängen. Und an einem der nächsten Morgen hing ein großer Fisch darin. Ein Kabeljau war es, er hatte ihn nach all den Jahren noch genau vor Augen. Ein – für ihn damals – riesiger Fisch mit drei Rückenflossen und einem kleinen Bärtchen am Kinn. Das war ein unvergessliches Erlebnis. Ein Schlüsselmoment, der ihn geprägt hatte. Der Zeitpunkt, von dem an er wusste: er wollte auch Fischer werden, wie sein Vater. So sehr.

Erst viele Jahre später hatte er verstanden, dass es sein Vater gewesen sein musste, der ihm diesen Fisch ins Netz gesteckt hatte. Ob er ihm deswegen jemals böse war? Nein. Wenn man durch ein wenig Schummeln in anderen Menschen Freude und Begeisterung auslösen konnte, so war das keine Lüge, sondern sogar eine gute Tat. Jeder Kabeljau, den Jakobson in seinem Leben fing, erinnerte ihn an seine Kindheit, an sein erstes Netz und an seinen Vater. Und dafür war er dankbar.

*Kabeljau*

## Kapitel 14

# Mit Glück und Verstand

*Die Welle, die große, sie schlug ziemlich hart.*
*Da stand es sehr schnell ganz bös' um die Fahrt!*


Nach etwa einer Stunde holte den Fischer das weit entfernte Blinken von Neles Leuchtturm wieder in die Gegenwart zurück. Sollte sich die stürmische Fahrt bereits jetzt gelohnt haben? Er legte es darauf an und holte das Netz ein. Die Ketten rasselten und die Stahlseile ächzten, die Winde zog das Netz Meter für Meter an den Kutter heran. Jakobson konnte sich nicht sicher sein, ob er bereits einen guten Fang gemacht hatte, jedes Einholen des Netzes war aufs Neue eine Überraschung. Ob eine gute oder böse, das war in den seltensten Fällen vorherzusagen. An verschiedenen Kleinigkeiten bemerkte er auf den letzten Metern, dass das Netz schwer war, doch selbst das hieß noch nichts. Nach wenigen Minuten hing es über der Wellenbeißer und Jakobson löste den entscheidenden Knoten. Mit Schwung entlud sich der Fang an Deck. Kiloweise purzelte die Beute an Bord.

Zur Freude aber gab es wenig Anlass: „Och, Kinners, so viel Gemüse!", grummelte Jakobson. „Soll ja sehr gesund sein, macht aber nich satt!", rief er in die dunkle Nacht hinaus, als er jede Menge Seetang und Algen so groß wie Salatköpfe auf seinem Boot begrüßte. Lediglich ein paar schöne Schollen, jene für die Nordsee so typischen, flachen Fische, waren ihm ins Netz gegangen. Immerhin war dann doch etwas dabei. Die größte Scholle setzte er zurück ins Wasser, wie er es immer tat. Dabei spielte es keine Rolle, wie viel er gefangen hatte. Das war seine eigene Regel, sein Versprechen an die Natur: „Ohne Große keine Kleinen!", brachte er seine Überzeugung auf den Punkt. Denn die stattlichen großen Fische sorgten für zigtausendfachen Nachwuchs. Auf diese Weise, wenn alle so handelten wie er, würden die Fische nie ausgehen. So einfach diese Regel war, so viel Kopfschütteln erntete er dafür bei all den Menschen, die nur an heute dachten, nie aber an morgen. Denen Geld und Profit viel wichtiger waren als die Natur.

„Du glaubst doch nicht etwa, dass es im Meer einen Unterschied macht, ob du einen Fisch mehr oder weniger mit nach Hause bringst?" war ein typischer Satz, den er sich früher immer wieder anhören musste.

„Doch!", antwortete er darauf. Inzwischen sagte ihm das so keiner mehr. Oder er hörte einfach nicht mehr hin, so genau konnte er das gar nicht sagen. Seine Regel stand für eine Überzeugung, im Einklang mit der Natur zu leben. Jeden Tag aufs Neue erfuhr er, wie abhängig er von dieser einzigartigen Tier- und Pflanzenwelt mit ihrer reichen Vielfalt war. Auf viel direktere Weise als ein Mensch in der Stadt das am eigenen Leib erlebte, der sich seinen Lachs im Normalfall im Supermarkt kaufte. Einem alten Spruch zufolge lernt der Mensch erst dann, wenn alle Fische verschwunden sind, dass er Geld nicht essen kann. Jakobson wollte zu den Menschen gehören, die das vorher verstanden. Ihm war Geld bei Weitem nicht das Wichtigste auf der Welt und die Natur als Ganzes schützenswert. Auch wenn er Tiere fing, um sich und andere Menschen satt zu machen. Es kam immer auf ein gutes Gleichgewicht an.

Mit einem Schlauch spritzte er das letzte „Gemüse" von Bord zurück ins Meer, sicherte das Netz und überlegte sich einen neuen Plan. Da betrat sein Erster Offizier das Deck. Ohne zu grüßen, ging dieser zielsicher an ihm vorbei nach achtern, nach hinten, um zu prüfen, was der letzte Hol eingebracht hatte. Hol nennt man es, wenn Fischer ihr Netz einholen. Er schnüffelte und schaute seinen Käpt'n vorwurfsvoll an. Dafür die ganze Aufregung? Dafür das ganze Gewackel heute? Er schüttelte sich.

Hier weiter zu fischen, würde nicht viel bringen. Die Uhr zeigte halb fünf Uhr morgens, das Wetter schien sich etwas zu beruhigen. Jakobson drehte das Boot auf Kurs Nordwest, doch ein Stückchen weiter raus, als er es sich vorgenommen hatte. Sein Erster Offizier hielt neben ihm die Schnauze in den Wind. Unerschütterlich stand er so da, routiniert darin das Geschaukel des Boots auszugleichen, ein echter Seebär. Wenn es darauf ankam, konnte ihn nichts so schnell umwerfen. So tuckerten die beiden eine kleine Weile aufs offene Meer, bis Jakobson beschloss, erneut das Netz zu Wasser zu lassen. Er bereitete alles vor und wunderte sich: „Büsch'n still nu, was sagst du, Dicker?"

Sein Erster Offizier drehte den Kopf, wie Hunde es so tun, wenn sie genau zuhören. Hansen sagte jedoch nichts, sondern sprang an die Reling, um aufs Meer zu schauen, Richtung Westen. Er hob die Schnauze in den Wind und knurrte.

„Och, du Miesepeter, glaubst du wirklich? Ich spüre, dass hier ein schönes Netz Krabben auf uns wartet, noch bevor der Sturm kommt. Aber wenn du meinst, dass da was kommt, dann ziehen wir dich mal an", sagte der Käpt'n und zog seinem Hund eine Rettungsweste über. Sicher ist sicher. „Jetzt beeilen wir uns, holen die Krabben, und dann machen wir uns zackig auf den Weg Richtung Heimat. Wirst schon sehen!"

Er drehte den Bug, die Spitze der Wellenbeißer, in Richtung Osten und ließ unter großem Geschepper das Netz zu Wasser. Zufrieden klopfte sich Jakobson das Spritzwasser von den Klamotten und ging Richtung Steuerrad. Hansen stupste ihn an und bekam, wie immer, ein Stück Wurstbrot vom zweiten Frühstück ab. Die beiden waren ein eingespieltes Team. Und als sich Hansen abermals knurrend in die Koje zurückzog, wusste Jakobson ganz sicher, dass da etwas nicht stimmte. Er prüfte alle Bildschirme und Anzeigen. Nichts Außergewöhnliches war zu sehen. Die Sonne würde wohl noch ungefähr eine Stunde brauchen, bis sie aufging. Der Mond war immer wieder von Wolken bedeckt. Jakobson fing an zu pfeifen und ließ die Wellenbeißer stur geradeaus fahren. Nur eine Stunde schleppen, dann zurück in den Hafen. Wird schon, dachte er.

Doch daraus wurde nichts. Als wenig später der Mond kurz von Wolken befreit Licht auf das Meer abstrahlte, hörte Jakobson auf zu pfeifen. Was er sah, hielt er zuerst für eine Täuschung aus Licht und Schatten, aber wie er den Kopf auch drehte, das Bild vor seinen Augen wollte sich nicht ändern. Sein Mund stand weit offen.

„Hansen, bleib bloß unten!", schrie er in die Kajüte und rannte aufs Deck.

Jakobson schrie sonst nie. Umso klarer war, dass im Moment etwas so gar nicht stimmte.

Wie aus dem Nichts frischte der Wind auf, der das Boot von achtern aus erfasste und nach vorn vor sich herschob. Der Käpt'n zurrte fest, was er in die Finger bekam, und sicherte ein paar herumliegende Kisten. Er fühlte, wie sein Kutter beschleunigte. Zurück am Steuer drosselte er die Motorleistung, um nicht zu schnell zu werden. Die Stahlseile, an denen das Netz hing, ächzten. Der Wind verstärkte sich von Sekunde zu Sekunde. Ein pfeifendes Geräusch war nun zu hören.

„Ahoi, Meister Neptun, fürs Pfeifen bin ich hier zuständig!", schrie er und zurrte seine Schwimmweste fester als sonst. Was für ein Mist, dachte er bei sich, sein Netz war im Wasser, das Boot alles andere als wendig damit und zusätzlich verletzlich. Zum Einholen keine Zeit mehr. Das, was da kam, wird er wohl mit der Wellenbeißer „abreiten" müssen. Samt Netz im Wasser. Nicht gut. Ganz abgesehen davon, dass so ein Netz so viel wert war wie ein Auto.

„Ruhich, Besatzung!", brüllte er, als ob er eine Mannschaft von 17 Matrosen zu beaufsichtigen hätte. Wahrscheinlich sprach er sich damit selbst ein wenig Mut zu. Hansen schaute besorgt aus der Kajüte heraus, verschwand aber sofort wieder nach unten, als er das Gepfeife hörte.

Jakobson gab volle Kraft rückwärts. Er wusste, wenn er das bei normalem Wetter machen würde, wäre die Gefahr, dass sich die Schiffsschraube im Netz verfing viel zu groß. Doch jetzt musste er dafür sorgen, dass er nicht wie eine Nussschale weiter beschleunigt wurde, das Netz abriss oder er den Kutter auf Land aufsetzte.

Mit dem Sturm kam das wütende Wasser. Die Wellen wurden immer höher, beißendes Salzwasser ballerte kräftig an die Bordwand und immer mehr davon schlug über das Deck.

Die Wellenbeißer fing an, zu den Seiten zu rollen. Es fehlte nicht mehr viel und sie wäre nur noch ein Spielball der Fluten. Jakobson mühte sich, zu verhindern, dass sich das Boot quer zu den Wellen drehte. Schiffe, die von großen Wellen seitlich erwischt werden, drohen zu kentern, einfach umzukippen. Das dunkle Meer war weiß geworden, es zischte und brodelte. Wütende Schaumkronen zeigten sich neben, auf und sogar über dem Schiff. Innerhalb kürzester Zeit war die Hölle losgebrochen. Das also hatte Hansen bereits gespürt, als er vor kurzem noch geknurrt hatte. Jakobson musste tatenlos zusehen, wie sich ein paar der Kisten aus der Verankerung lösten und über Bord gingen. Unten in der Kajüte flog alles wild umher. Chaos. Überall. Die Blicke von Jakobson und Hansen trafen sich.

„Das wird schon! Das kriegen wir hin!", schrie der Käpt´n, der mit aller Kraft eine günstige Fahrrinne zu halten versuchte. Hansen bellte kräftig, er hatte genug von der Wildwasserfahrt. Längst war Wasser in die Kajüte gelaufen, einige Becher und Bücher schwammen zum Hund auf dem Boden herüber. So etwas war schon lange nicht mehr vorgekommen.

Mit einer enormen Wucht brach zu allem Unglück auch noch eine Welle über dem kleinen Kutter herein, die alles durchschüttelte. Der Kutter neigte sich bedrohlich zur Seite, Jakobson fiel hin. Er wollte sich instinktiv am Mast festklammern, doch keine Chance. Wo unten und oben war, spielte für diesen kurzen Moment keine Rolle mehr. Jetzt ging es nur ums Überleben. Bloß nicht von Bord gespült werden. Der Hund! Ist er in Sicherheit?

Blitzschnell ging das alles und trotzdem kam es Jakobson vor wie eine kleine Ewigkeit. Und als wäre dies die Schlussvorstellung gewesen, richtete sich die Wellenbeißer kurz darauf einfach auf. Das Wasser floss mit einem Rauschen ab und Jakobson fand sich an der Reling wieder, an der er auf dem Rücken liegend hängengeblieben war. So schnell der Sturm gekommen war, so schnell flachte er auch wieder ab, als wäre dem großen Windgott die Luft zum Pusten ausgegangen. Jakobson schüttelte sich. „Hansen?", rief er besorgt, sein erster Gedanke galt seinem Hund.

„Woouuf!", kam es aus der Kajüte zurück.

„Gut." Der Fischer stöhnte, er war komplett nass bis auf die Haut, die Kälte floss durch ihn hindurch. „Na, Donnerlittchen, das war mal was", rief er und zog sich unter Schmerzen hoch, um wieder ans Steuerrad zu kommen. „Sieht mir ganz so aus, als kommt der Blanke Hans bald auch auf der Insel zu Besuch", wetterte Jakobson vor sich hin.

Das Netz! Das Netz war noch draußen! Sein linkes Bein tat ordentlich weh, doch er musste die Maschinen stoppen und das Boot neu ausrichten. Er riss die Hebel nach vorn, sah aber, dass das Netz bereits das Boot fast berührte.

„Nein, nein, nein!", rief er. Doch tatsächlich nahm der Kutter wieder brav Fahrt auf und das Netz gewann einiges an Abstand. Es hatte sich nicht in der Schraube verfangen, welch ein Glück. Er checkte kurz die Maschine, schaute nach Hansen, schüttelte den Kopf über so viel Chaos, räumte ein paar Gegenstände von Deck, die sich losgerissen hatten und beeilte sich, das Netz einzuholen. Es schien nichts Wichtiges kaputtgegangen zu sein, so ließ er die Winde ihre Arbeit machen.

Das Netz kam Stück für Stück rein, ungewöhnlich langsam. Was er dann sah, erzählte er noch viele Jahre später: Das Netz war an einigen Stellen böse eingerissen, doch es war übervoll mit Krabben. Krabben soweit das Auge reichte, viele davon dicker als sein Daumen. Ihm blieb die Spucke weg, er konnte nicht mehr denken. Er schaute nur noch zu. Wie immer löste er den Knoten und die fette Beute schwappte aufs Deck. „Was für ein Hol!", sagte er baff.

Sein Erster kam um die Ecke. Ebenfalls komplett durchnässt. Er schmiegte sich an den Käpt´n und bellte dann aufgeregt, auch er hatte so viel Chaos und so einen dicken Fang noch nicht erlebt. Jakobson kam zu sich und begriff, welch Glück die Beiden gehabt hatten. In jeder Hinsicht. Er machte vor Freude einen großen Satz, klatschte in die Hände und fing an, mit Hansen um die Wette zu bellen. Wie Indianer um ein Lagerfeuer tanzten der Fischer und seine komplette Besatzung auf dem Deck ihres kleinen Kutters hin und her. Man hätte die beiden für verrückt halten können – doch hier draußen waren sie allein. Mit sich und ihrem Glück. Das war das Leben auf See. Das hatte der Ozean heute für sie, nur für sie, bereitgestellt. Selten war mehr Leben in ihnen zu spüren gewesen, gerade noch in höchster Seenot, jetzt pure Erleichterung und dieser fette Fang. Wenn es einen Gott des Meeres gab – das war seine Prüfung, das war sein Geschenk, alles zugleich. Jakobson und sein Hund hatten so viel Glück in sich, wie man es nicht für alles Geld dieser Welt hätte kaufen können.

Der durch und durch nasse Käpt´n drückte seinen ebenso pudelnassen Hund an sich, klopfte anerkennend auf das Dach seines kleinen, tapferen Kutters, blickte in den langsam aufhellenden Himmel und schrie das lauteste „Ahoi!", das in ihm war. Und wenn man genau hinsah, dann konnte man ein paar Tränen in seinen Augen sehen. Tränen des Glücks. Hierfür lebte er. Hierfür brannte all seine Leidenschaft. Mit niemandem auf der Welt würde er dieses Leben eintauschen wollen.

## Kapitel 15

# Der große Hunger

*Uropa Uwe ist uns egal.*
*Wir haben Hunger und das ist 'ne Qual!*

Als die Sonne aufging, leuchtete der Himmel am Horizont orangerot. Es wehte kaum ein Lüftchen, das Meer war unaufgeregt, kleine Wellen rollten gemütlich an den Strand. So schön dieser Anblick war, so genau wussten Seefahrer, dass eine rote Sonne morgens oft schlechtes Wetter für den Tag ankündigte.

Für ihre miese Laune brauchten die Möwen heute erst gar kein Wetter. Das auch sonst nicht sehr melodisch klingende Möwengekreische hörte sich besonders erbärmlich an. Uropa Uwe war daran schuld. Das wussten die Vögel zwar nur vom Hörensagen, aber sie spürten, dass auf einmal alles anders war. Sie fühlten es recht deutlich. Ihre Bäuche taten weh. Sie hatten Hunger. Großen Hunger. Das verwirrte und machte sie richtig sauer. Möwen streiten immer um Beute, das kann man überall beobachten – aber dass die ganze Vogelschar auf einmal so viel Kohldampf hatte, das war schon außergewöhnlich.

Dahinter steckte eine bemerkenswerte Entwicklung der letzten Stunden: Die Strandkrabben hatten es satt, Beute zu sein. Sie wollten nicht mehr als Frühstück oder Mittagessen dienen. Die Nachricht über den wehrhaften Emil hatte sich wie ein Lauffeuer schnell herumgesprochen: Wie dieser Held sich aus dem Schnabel einer riesigen Silbermöwe mithilfe der Klopptaktik von Uropa Uwe gerettet hatte. Überall hauten und kloppten Strandkrabben nun auf Möwen ein. Gerüchten zufolge ließen sich einige besonders begabte und mutige Strandkrabben zu Demonstrationszwecken von Möwen sogar freiwillig fangen, nur um anschließend ihre Befreiungskünste zu präsentieren.

Endlich wehrten sie sich also, wie es Uropa Uwe damals vorgemacht hatte: Von oben aus dem Schnabel, nach unten, in die Freiheit fallen. Die Möwen waren total entsetzt. Sie waren gestresst, aufgeregt und fühlten sich völlig entwürdigt noch dazu. Es reichte doch schon, dass sie im Winter keine Strandkrabben hatten, weil die sich dann bei Ebbe immer mit dem Wasser zurückzogen. Jetzt also schon im Herbst? Mussten die Möwen sich wirklich damit abfinden, dass eine Nahrungsquelle wegfiel, nur weil irgendein bekloppter Uwe mal zum Widerstand aufgerufen und irgendein halbstarker Emil damit Erfolg gehabt hatte?

So lange die Möwen zurückdenken konnten, waren die Strandkrabben zu dieser Jahreszeit eine sichere Mahlzeit gewesen. Ob als Hauptmahlzeit oder als Nahrungsergänzung. Längst nicht alle schmeckten wirklich gut, der harte Panzer störte schon sehr und die spitzen Beine waren schlimmer als die Gräten im Fisch – aber man fand zumindest immer welche von ihnen und hatte dann etwas im Magen. Man war satt und es ersparte einem die doch sehr aufwändige Fischjagd. Oder das furchtbar anstrengende Abjagen der Beute von anderen. Oder gar die erniedrigende Beschäftigung mit dem Thema borstiger Wattwurm. Jener Wurm, der überall in der Nordsee im Watt zu finden war und diese seltsamen Haufen hinterließ, die aussahen, als hätten viele Hunde überall ihr Häufchen hinterlassen.

*Wattwurm*

Diesen komischen Gesellen konnte man nur bei Ebbe fangen, wenn sich das Meer verzogen hatte. Dann musste man die Biester erst einmal aus dem Loch im matschigen Watt ziehen. Eine dreckige Arbeit für die schönen Vögel, die sich ihr Gefieder nicht gern schmutzig machten. Nicht umsonst gab es Spezialisten wie den Großen Brachvogel, der praktischerweise einen extra langen Schnabel von Mutter Natur bekommen hatte, perfekt für diese Bohraufgabe. Und selbst wenn man mühsam einen dieser haarigen Würmer erwischt hatte, musste man frustriert feststellen, dass er genau so zäh war, wie er aussah. Wattwürmer waren für die Möwen wie Kaugummis für die Menschen. Und wer wollte schon von Kaugummis satt werden müssen? „Zu viel Wattwurm macht Bauchweh" war ein Satz, den jede Möwe frühzeitig lernte.

Eines war sicher: Es musste etwas passieren. Die Möwen, sonst nicht sehr nachdenklich, stellten sich viele Fragen. Sollte man sein Glück auf benachbarten Inseln versuchen? Könnten mehr Touristen mit mehr Fischbrötchen die Antwort sein? Hätte dieser Fischer Jakobson wohl ein Einsehen und jeden Morgen, Mittag und Abend ein paar Körbe voller Fisch übrig? Da Möwen aber weder gern nachdachten oder diskutierten – und auch der Teamgeist nicht ausgeprägt war–, versuchte unterm Strich einfach jeder Vogel für sich selbst irgendwo irgendetwas Essbares zu finden.

So kam es, dass auf und über der Insel schlecht gelaunte Möwen mit Schnabelschmerzen unterwegs waren, deren Bäuche laut grummelten und deren finstere Blicke nur noch eines sagten: Hunger. Wir haben Hunger!

Möwe Störtebeker, Jakobsons Kutterbegleiterin, wusste auch keine Lösung für das Problem. Doch ihr Hunger war nicht so groß wie der der anderen. Ihre Nähe zu Jakobson und auch Nele, die sie oft besuchte, verschaffte ihr immer wieder einen Happen zwischendurch. Beim Fischer erwischte sie Fische und Krabben, ohne sie jagen zu müssen, und auch bei Nele, ihrem Leuchtturm und Bauernhof, fand sich immer etwas Fressbares. Sie war somit für aktuelle Möwenverhältnisse einigermaßen entspannt.

Sie beschloss, möglichst unauffällig loszufliegen. In dem ganzen Trubel würde das bestimmt keinem auffallen. So hätte sie das zumindest gern gehabt. Kaum war sie jedoch ein paar Flügelschläge über den Deich Richtung Leuchtturm geflogen, bemerkte sie, wie sich erst eine, dann zwei, dann drei Möwen in ihren Windschatten einreihten. Als hätten sie zufällig das gleiche Ziel. „Mist!", dachte sie bei sich und änderte den Kurs Richtung Strand zurück. Doch die Verfolger hatten sie durchschaut.

„liiiiist schon ok, Störtiiiii, wir treffen uns beim Leuchttuuuurm, wir kennen deine Plääätze", krächzte Lars verächtlich rüber, eine der besonders frechen Möwen, die einfach nie den Schnabel halten konnten. „Waruuuum sind wir da nicht schon früüüüher drauf gekommen, wir holen uns bei den Menschen, was uns fehlt! Los, Jungs und Määäädels, auf zum Leuchtturm! Auf zum großen Futtern!", krakelte Lars.

Die Möwengruppe war inzwischen weiter gewachsen und als Störti noch „Aber!" sagen wollte, zählte der Schwarm bereits 18 Möwen, die Kurs auf Neles Leuchtturm nahmen.

„Um Himmels willen, die sind doch bekloppt!", entfuhr es Störti und flog hinterher. Vielleicht konnte sie ja Schlimmeres verhindern.

Störti flog zu Lars und redete auf ihn ein: „Lars, du glaubst nicht wirklich, dass wir am Leuchtturm unser Hungerproblem lösen können? Dort wachsen doch keine Fische auf dem Acker und hast du an die Gänse gedacht? Du weißt, wie sehr die Gänse uns hassen. Die werden einen großen Alarm machen, wenn wir ..."

„Jetzt hööööööör mal auf, Stöööörti, erst da hinfliegen wollen und uuuuns dann davon abhalten wollen, neeeeeeneeee, so nicht", antwortete Lars und flog stur weiter Richtung Leuchtturm. Die ganze Gruppe mit ihm. Jetzt schon 31 hungrige Möwen, inzwischen über dem Wäldchen der Insel, der Turm bereits in Sichtweite.

Störti sollte Recht behalten. Die Gänse ließen nichts anbrennen. Noch bevor der Möwenschwarm über dem Turm angekommen war, legten sie los. Die Wachgans stieß einen grässlich lauten Schrei aus und alle anderen 14 Gänse von Nele stimmten sofort mit ein. Wer jemals so einen Vogel schreien gehört hat, kann sich vorstellen, was da los war. Wie eine Donnersalve aus Kanonen schallte dieser ohrenbetäubende Lärm den Möwen entgegen. Es war kaum auszuhalten. Auf der Aufregungsskala von eins bis zehn war das eine Neun mit Ausrufezeichen. Sämtliche Kaninchen in der Gegend gingen sofort auf Tauchstation in ihre Erdhöhlen. Ein einzelnes Schaf war im Hintergrund noch zu sehen, wie es schnell wegflitzte. Und genau acht Sekunden später stürzte Nele aus ihrem Haus. Sie blickte sich um und sah den Schwarm aus 46 Möwen, die wie die Gänse ebenfalls laut kreischten und das Gebiet nach etwas Fressbarem absuchten. Nele war überrascht. Sie versuchte, sich ein Bild der Lage zu machen. Einige setzten sich auf den Leuchtturm, andere auf das Dach des Bauernhofs, ein paar ganz mutige zischten im Tiefflug über die Gänseschar, wahrscheinlich um ein wenig Frust abzubauen. Es war deutlich zu erkennen, sie waren nicht zum Spaß hier, sondern ohne Einladung zum Fressen gekommen.

Nele hatte eine Idee. Sie schrie aus vollem Herzen in den Himmel: „Moin, ihr Möwen, ich habe nicht gewusst, dass wir eine Verabredung haben! Hättet ihr doch was gesagt. Dann hätte ich was vorbereitet. Aber wisst ihr was, ihr seht so hungrig aus, ich schau mal, was sich da machen lässt." Sie grinste über das ganze Gesicht und verschwand im Haus. Die Möwen glotzten ungläubig auf das, was da gerade stattfand.

„Lars, hast duuu verstanden, was siiie gesagt hat?", fragte eine der Möwen.

„Neeeee, hab ich nicht, hast duuuuu schon was entdeckt, was wir hiiiier absahnen können?", fragte Lars zurück.

„Nee, neeee. Das Gänsefutter da, aber ganz eeeehrlich, mit denen ist nicht gut teilen, glauuuub ich."

Da erschien Nele auch schon wieder in der Tür. Sie trat heraus auf den Hof und hatte einen großen Sack unter dem Arm, der geheimnisvoll raschelte. Die Möwen beobachteten gierig jeden Schritt, jede Bewegung von Nele. Was machte sie da und was war in dem Sack? Manchen Möwen stand der Schnabel offen. Auch die Gänse schauten herüber. Ihre Nele würde doch wohl nicht diese Räuber füttern? War das nicht der Getreidebeutel, in dem ihre Körner waren? Sie würde nicht etwa ...?

Die Gänse hörten alle gleichzeitig auf zu schnattern. Auch die Möwen verstummten. Wie auf Kommando war es still geworden. Einige bekamen Schnappatmung, so regten sie sich auf. Was ging da vor sich?

Nele legte den Sack mitten im Hof ab, ging drei Schritte zurück und rief: „Bitte, bedient Euch, lasst es Euch schmecken!"

Sie ging Richtung Haus, die Gänse drängelten sich eng am Zaun, um etwas zu sehen. Mit weit aufgerissenen Augen blickten sie entsetzt auf den Sack und die Möwen. Lars, der mutigste von allen, flog direkt los. Und weil Möwen ungern eine Gelegenheit verstreichen lassen und noch weniger gern zweiter werden, stürzten sich im nächsten Moment alle Vögel in Richtung Hofmitte.

Was folgte, sah aus wie ein Angriff: Ein wildes Möwenknäuel

rupfte und riss an dem Sack, dass nur so die Fetzen flogen. Gar nicht zimperlich ging es zu, als gäbe es hier einen Schwarm Heringe zu fressen. Der Sack riss auf. Eine Wolke von Stroh mischte sich in das Knäuel, ein paar Windböen wirbelten Stroh, Sackreste und einige Möwenfedern zusammen durch den Hof und Nele klatschte begeistert in die Hände. Was für ein Spektakel! Wie ein Wirbelwind fegte das Chaos über den Hof. Die Gänse waren so fassungslos, dass sie nicht schnattern konnten. Sie zweifelten an Neles geistiger Gesundheit, wie konnte sie diesen Biestern nur den Kornsack opfern?

Nele war Tierfreundin genug, um für ihren Spaß natürlich auch ein gewisses Zugeständnis zu machen. Somit hatte sie neben Stroh tatsächlich eine Handvoll Gänsefutter in den Sack gemischt, sodass wenigstens ein paar Möwen etwas von der Aktion hatten. Sie lachte laut heraus.

„Das war toll, ihr Möwen, kommt doch nächste Woche nochmal vorbei!", sprach sie, zwinkerte ihren Gänsen zu und verschwand wieder im Haus.

Die Gänse fanden das so gar nicht lustig. Nicht nur, dass diese Möwenräuber ihr schönes Futter fraßen, auch der Hof war total versaut, das war schon ein starkes Stück.

Störti war die Einzige, die mit einem vollen Bauch den Rückzug antrat. Sie war während des ganzen Trubels zu Neles Küchenfenster geflogen und hatte das Stück Brot geschnappt, das Nele ihr dort immer wieder mal hinlegte. Nele war einfach die Beste.

Nachdem der Sack im Hof völig zerfetzt war und die letzten Körnchen gefressen waren, schaute die Möwenmeute auf das Chaos. Einige Federn standen quer und der Hof war voller

Stroh. Lars war der Erste, der seine Stimme wiederfand: „Das war nur der Anfaaaang! Auuuuuf zum Haaaaafen!", schrie er. „Wir werden noch heuuuuuute unser Hungerproblem löööööö-sen! Das verspreche ich euuuuch!".

Das musste er nicht zweimal sagen. Der hungrige Schwarm meinte es ernst. Kurs Süden. Direkt zum Städtchen und zum Hafen. Dort gab es mit Sicherheit mehr zu holen. Man würde es diesen Menschen schon zeigen, die sollten mal ihre Vorräte rausrücken. Die Stimmung unter den Möwen war aufgeheizt.

Inzwischen hatten sich auf der ganzen Insel mehrere Grup-pen gebildet, die alle auf ihre Weise versuchten, ihre Mägen zu füllen. Jede einzelne Möwe war bereit für das Äußerste. Wenn man so viel Hunger hatte, dann war es Zeit für mutige Heldentaten.

## Kapitel 16

# Krabben pulen

*Das Pulen der Krabben macht Arbeit recht viel.*
*Das leckere Brötchen ist aber das Ziel.*


Nervös blickte Jasper durch sein Fernglas auf der Suche nach Jakobsons Kutter Wellenbeißer. Es war kurz nach sieben Uhr an diesem Samstagmorgen. Die Herbstsonne schaute erst seit wenigen Minuten über den Horizont. Die beiden Kinder Greet und Jasper standen auf der Kaimauer im Hafen und suchten das Meer ab. „Da ist er ja!", rief Jasper.

Endlich, dachte sich Greet, die auf der Stelle hüpfte, um sich warm zu halten.

Sie waren mit Jakobson verabredet, doch heute war es anders als sonst. Üblicherweise sagte der Fischer per Funk Bescheid, wann er genau zurückkam und ob er die Hilfe mit dem Fang brauchen würde. Heute hatte er sich nicht gemeldet. Sie hatten sich bereits Sorgen gemacht. Obwohl Jasper wusste, dass es ein technischer Funkausfall sein könnte, so blieb dennoch ein ungutes Gefühl zurück bei den beiden. Aber jetzt würde ja alles gut werden. Die Wellenbeißer stampfte Richtung Hafen, Jasper beobachtete den Kutter, wie er durch die Wellen ritt.

„Warum hat er denn nicht einfach mit dem Handy angerufen?", wollte Greet wissen.

„Och, Schwesterherz, draußen auf See ist das Handynetz entweder schwach oder es gibt gar keinen Empfang. Was meinst du denn, warum man immer noch funkt wie vor zig Jahren schon. Das machen die ja nicht, weil es Spaß macht."

Was für ein Abenteuer, diese Seefahrt, dachte sich Greet wieder einmal. Nichts für Angsthasen.

„Er braucht noch so fünfzehn Minuten für den Rückweg, denke ich, lass uns so lange zu Rike rübergehen."

Das musste Jasper nicht zweimal sagen. Rikes kleiner Einkaufsladen, in dem Inselbäckerin Smilla auch ihr Brot verkaufte, lag ganz in der Nähe. Greet freute sich über ein bisschen Wärme und Gesellschaft. Da war es gerade recht, dass Rike und Smilla so früh am Morgen schon da waren. Bis zur Öffnung des Ladens gab es immer viel zu tun. Die Kinder rannten, was das Zeug hielt hin, das Licht war an, die Tür offen.

„Moin, ihr Süßen, gar nicht ausschlafen heute?", begrüßte Smilla die beiden. Sie war gerade dabei, frische Backwaren in den Laden zu bringen.

„Moin! Nee, wir helfen gleich Jakobson mit dem Fang. Oder besser gesagt: hoffentlich."

„Wieso, hat er sich nicht gemeldet? Du bist doch so ein Funker, Jasper."

„Eben nicht, kein Mucks von ihm heute früh. Total tot. Aber ich habe ihn gerade draußen gesehen, er kommt zurück, ist wohl was kaputtgegangen am Funkgerät. War schon lange nicht mehr. Echt seltsam."

„Habt ihr den Sturm heute Nacht mitbekommen? Als ich bei mir in der Backstube stand, hat es ganz schön gepfiffen. Vielleicht hat´s ihm ja ´ne Antenne abgeknickt oder so?"

„Keine Ahnung, bis so ´ne Antenne abkracht, müsste so einiges passieren. Wir werden es gleich herausfinden. Dass er gleich zurückkommt, ist ja schon mal ein gutes Zeichen."

Smilla aber hatte noch eine Idee: „Vielleicht war es ja so ein frecher, süßer kleiner Klabautermann, der ihm einen Streich spielen wollte", witzelte sie.

Wie kann man nur so gut gelaunt sein am frühen Morgen, wenn man schon die halbe Nacht in der Backstube gestanden hat?, dachte sich Greet. Sie war einfach nur froh über die Wärme, in der sie hier war. Jasper half der Bäckerin, noch ein paar Körbe und Bleche ihrer Backwaren hereinzutragen. Darunter eine ganze Armee ihrer berühmten süßen Klabautermänner. Eine Art Nussschnecke, die aussah wie diese sagenumwobenen Kobolde, die auf Schiffen ihr Unwesen treiben sollen. Sie hatten die Form eines kleinen Matrosen, mit einem Bart aus Nüssen, mit Zuckerpfeife im Mund, Knollnase und Sturmmütze. Zum Reinbeißen lecker waren die Dinger und nicht nur bei den Inseltouristen begehrt. Smilla sah, wie Jasper die Klabautermänner mit seinen Augen verschlang.

„Ich geb euch gleich welche mit, für Jakobson nehmt ihr auch einen. Der Arme ist bestimmt total durchgeschüttelt von heute Nacht."

„Danke, das ist lieb von dir. Verkaufst du uns bitte noch ein paar Brötchen und ein paar Scheiben von deinem leckeren Schwarzbrot? Wenn Jakobson Krabben dabei hat, dann sind die mit Butter auf deinem Brot einfach nur lecker."

„Hab ich richtig gehört? Jakobson bringt Krabben? Hat er viele?", fragte Rike, die hinter dem Gemüsestand hervorschaute.

„Wissen wir noch nicht, er kommt gleich rein, ich komm dann wieder vorbei, wenn er welche für dich hat, okay?"

„Jo, so macht das mal, ihr zwei. Nehmt mal vorsichtshalber den Bollerwagen mit, steht vorne um die Ecke. Danke euch."

Zurück am Hafen fiel ihnen eine Wolke Möwen auf, die sich langsam dem Hafen näherte. Unter ihnen, für die Kinder von der Hafenmauer verdeckt, musste die Wellenbeißer sein. So viele Möwen waren immer zu sehen, wenn Jakobson etwas gefangen hatte und wieder nach Hause kam. Die gierigen Vögel profitierten schon seit jeher von den Fischern. Da fiel immer etwas Fressbares vom Kutter. Und tatsächlich, da bog das Boot um die Ecke, rein in die Hafeneinfahrt.

„Siehste die Kisten? Er hat was gefangen!", sagte Jasper.

„Hansen! Hansen!", rief Greet.

„Wooouf!", kam es vom Schiff zurück, Hansen stand ganz vorn am Bug, zwei Pfoten oben, Kopf Richtung Himmel, sein lautestes Bellen am Start. Die Möwen hatte er nun vertrieben, sie zogen Richtung des Städtchens ab.

„Frrrrrrrische Krrrrrabbbben!", rief Jakobson, „fangfrrrrrrrische Krrrrrrrrabbbbbbennnnn!"

Die Kinder hopsten vor Freude an der Kaimauer und Jakobson legte die Wellenbeißer genauso gekonnt wie sanft an die Anlegestelle, Jasper half ihm, das Schiff mit den Leinen festzumachen. Hansen sprang mit einem riesigen Satz vom Kutter herunter, direkt auf Greet zu, die mitsamt dem Hund umfiel.

„Ruhich, Großer, ruhich!", rief Jakobson, aber Greet lachte und fing an, im Spiel mit Hansen zu rangeln.

„Kinners, kommt an Bord und schaut euch das an. Ihr glaubt nicht, was uns da draußen passiert ist." Er lieferte einen erlebnisreichen Bericht ab, die Kinder staunten. Alleine das Chaos unter Deck, wo alles noch nass und durcheinander war, zeigte eindrucksvoll, was los gewesen sein musste. Eine Reihe verbogener Metallstangen an Steuerbord, der rechten Seite des Bootes, war ein ganz besonderes Souvenir, das noch lange an diese Nachtfahrt erinnern sollte. Die Wassermassen, die sich über das Deck der Wellenbeißer ergossen hatten, mussten gewaltig gewesen sein, dass sie Metall verbiegen konnten. Welch Glück hatten der Fischer und sein Hund gehabt. Und was für einen großartigen Kutter! Die kleine Wellenbeißer war einfach die Größte.

„Was ist mit dem Funk passiert, Jakobson?", fragte Jasper und schaute auf das Funkgerät.

„Ich schätze, es hat 'ne ordentliche Ladung Salzwasser abbekommen, so richtig mit Bums. Danach war alles tot. Ich hätte dir Bescheid gesagt, mein Jung, aber es ging nix mehr und ich bin heilfroh, dass die Maschine durchgehalten hat."

Jasper schüttelte ungläubig den Kopf.

„Kinners, ich fürchte übrigens, das heute Nacht da draußen, das war erst ein Vorbote. Da kommt noch mehr, und zwar recht bald", sagte der Fischer dann.

„Kann ich ja kaum glauben, so friedlich wie es jetzt ist", meinte Greet.

„Aber vor lauter Sturm habt ihr das Beste noch gar nicht gesehen, schaut mal hier." Er zeigte auf vier Kisten, gefüllt bis obenhin mit frischen Krabben. „Kuckt mal, wie groß die sind."

„Beim Klabautermann!", rief Jasper und Greet hielt sich die Hand vor den Mund.

„Als mich diese Monsterwelle traf, ein richtig großer Kaventsmann, da hatte ich das Netz draußen. Und als alles um war, zog ich es wieder rein. Gott sei dank hatte es sich nicht in der Schraube verfangen. Ein fetter Hol, oder? Schaut euch mal an, wie zerrissen das gute Stück ist."

Er zeigte den Kindern sein Netz, in dem viele große Löcher klafften.

„Mann, Mann, Mann!", rief Jasper. „Mann! Mann!" noch zweimal hinterher.

*Nordseegarnele, gerne auch „Krabbe" genannt*

„Jo, da haben wir ordentlich Netze zu flicken, wenn es kalt wird. Dann wird es uns schon nicht langweilig. Jetzt helft mal mit! Wir haben 'ne frische Ladung Krabben zu verstauen. Die sind mal richtig lecker, Kinners, frischer geht nich als von Jakobsons Boot. Nur direkt von mir für die Insel."

Jetzt gab es eine Menge zu tun. Greet schob den Handwagen nahe an die Pier und Jakobson gab glasklare Kommandos: „Zwei Kisten bringt ihr Rike rüber in den Markt, schöne Grüße auch. Und die anderen zwei bringt ihr in unser Hauptquartier. Eine für Erik und uns, eine für Jette in die Kühlung, die lässt sie nachher abholen."

Damit war alles gesagt und die Kinder machten sich an die „Arbeit".

„Ich mach hier noch klar Schiff, ich komm dann mal rüber zu euch und schaue, ob ihr das auch richtig macht." Er lachte vor sich hin.

Und die Kinder wussten den Spaß zu nehmen. Ihnen musste keiner mehr beibringen, was jetzt zu tun war, sie waren ein eingespieltes Team.

Nachdem sie die zwei Kisten bei einer sehr erfreuten Rike abgegeben hatten, holten sie die nächsten zwei vom Pier und brachten sie in die Bootshalle, die direkt am Hafen angrenzte. In der Halle überwinterten die Schiffe, auch kleinere Arbeiten konnten hier an den Booten vorgenommen werden. Jakobson hatte zudem einen eigenen Raum für sich: das „Hauptquartier". Hier war seine Werkstatt, in der er Netze flickte, Reparaturen vornahm und manchmal saß er hier auch einfach, um Radio zu hören und Tee zu trinken. Die Kinder liebten diesen Ort. Durch zwei runde Fenster sah man direkt auf den Hafen. Langweilig wurde es hier nie. Sie bastelten, was das Zeug hielt, halfen Jakobson, lernten dabei enorm viel über Metall, Holz, Netze und Leinen. An Tagen wie heute nutzten sie das Hauptquartier, um Radio zu hören und dabei eifrig Krabben zu pulen, die sie anschließend zu Erik brachten. Nachdem Jakobson seine Krabben noch unterwegs auf dem Kutter in einem Kessel mit Meerwasser gekocht hatte, mussten sie aus ihrer Schale gepult werden. Erst dann konnten sie mit Brot, Brötchen, in Suppen oder zu Fisch gegessen werden. Früher pulte das ganze Dorf mit, wenn die Fischer mit ihren Fängen nach Hause kamen. Doch heute gab es keinen anderen Fischer mehr als Jakobson. Und von den anderen Hafenstädten an der Nordsee, wo man noch mehr Krabben fischte, war es inzwischen billiger geworden, den Fang mit dem Laster in weit entfernte Länder zu fahren. Dort ließ man sie für einen billigen Stundenlohn pulen, mit chemischen Mitteln haltbar machen und wieder zurückfahren.

„Mit frischen Krabben hat das alles nix mehr zu tun, frische Krabben gibt's nur vom Kutter. Das war schon immer so. Die Leute heute wollen aber lieber keine Arbeit damit haben. Und am liebsten auch noch billig, haltbar und in Plastik eingeschweißt. So entsteht dann dieser Wahnsinn" erzählte es Jakobson jedem, der sich dafür interessierte. Die Kinder waren froh, dass es bei ihnen auf der Insel noch so natürlich wie eben möglich zuging. Nicht auszudenken, wenn die Krabben weiter gereist waren als die Touristen, die sie aßen – so etwas gab es hier nicht.

Denn Rike hatte keine weitgereisten Krabben in ihrem Laden. Sie verkaufte nur die frischen von Jakobson. Und wenn er keine gefangen hatte, dann gab es eben keine. „Man muss nicht immer von allem haben.", sagte sie, und das, obwohl sie vom Verkauf lebte.

Neben einem guten Taschengeld, das Erik den Kindern für das durchaus anstrengende Pulen zahlte, naschten sie kräftig, wozu Jakobson sie ermunterte.

„Das ist mit das Beste, was ihr aus dem Meer essen könnt!

Haut rein, damit ihr groß und kräftig werdet!", war sein Standardspruch, jedes Mal aufs Neue. Er selbst schmierte sich am allerliebsten ein pechschwarzes Brot, das er Pumpernickel nannte. Mit ordentlich Butter drauf belegte er das Ganze dann mit einer dicken Schicht Krabben. Dazu trank er am liebsten einen heißen schwarzen Tee, gern auch mit einem Schuss Rum, den Grog. „Wenn ich Glück mit Essen beschreiben müsste, dann ist das hier Glück pur, fangfrisch, rein und unglaublich lecker."

Greet aß ihre am liebsten auf einem Brötchen, Jasper wollte natürlich dem Seebären Jakobson nacheifern und stopfte sich schmatzend das Krabbenschwarzbrot in den Mund.

Die Sonne stieg höher an diesem Samstagmorgen und mehr und mehr Menschen trieb es Richtung Hafen. Bei Rike vor dem Markt stand jetzt ein großes Schild in Form eines Korbes voller Krabben, das Zeichen für alle, dass die Frischetheke wieder gut gefüllt war. Und nachdem Jakobson auf der Wellenbeißer klar Schiff gemacht hatte, schaute er bei den Kindern rein und genehmigte sich endlich sein wohlverdientes Krabbenbrot.

Da fragte ihn Greet: „Jakobson, wie war das eigentlich früher hier mit dem Fisch und den Leuten?".

Der Fischer machte es sich auf einem alten knarzigen Sofa gemütlich und erzählte: „Früher fuhren ein paar größere Boote vierzehn Tage raus auf See und brachten dann den Fisch in den Hafen. Die Leute kamen an die Pier und kauften frisch vom Schiff ein. Die Fische, die zuletzt gefangen wurden, die frischesten, die waren die teuersten. Die anderen, naja, die haben schon etwas traurig geschaut und waren dann nur noch als Tierfutter zu verwenden."

„Und wie ist es mit dir, nach all den Jahren tagein, tagaus Fisch? Kannst du eigentlich mal keine Krabben und Fische mehr sehen?"

Der Fischer legte seine Stirn in Falten, zögerte kurz, dann antwortete er: „Jo, klar, das war schon öfters. Immer dann, wenn ich keine gefangen hatte. Dann habe ich keine mehr sehen können. Denn es waren keine da."

So lachten und pulten sie weiter, erzählten sich Geschichten und freuten sich über den tollen Fang.

## Kapitel 17

# Lars und der Plan

*Das Eis muss ich haben, dann flieg ich davon.*
*Doch da war das Fenster und dann kam das „Klong".*

Der Pfeife rauchende Erik hatte ungewöhnlich früh schon gute Laune. Samstage bedeuteten für die Insel mehr Trubel als andere Tage. Und für ihn mehr Arbeit und mehr Geld. Denn Samstag war „Bettenwechsel". Ein nicht ganz passendes Wort dafür, dass Urlauber heute nach Hause abreisten und neue Gäste auf die Insel kamen. Jakobson meinte einmal dazu: „Eigentlich sollte das nicht Bettenwechsel heißen, sondern Bettwäschewechsel oder Gästewechsel, man wechselt doch nicht die Betten aus!" Es machte aber den Anschein, dass nur er über solche Sachen nachdachte.

Der einzige Weg auf die Insel und auch wieder zurück zum Festland war entweder ein eigenes Boot oder aber die Fähre. Ein größeres Schiff, auf dem die Eltern von Greet und Jasper arbeiteten. Es fuhr immer dann, wenn es das Meer zuließ. Bei Ebbe, wenn das Wasser sich also zwei Mal am Tag zurückzog, war zu wenig Wasser für das große Schiff da. Es konnte die Insel dann nicht erreichen. Die Natur bestimmte den Fahrplan und nicht der Mensch. Gott sei dank konnte man sich auf die Natur meistens verlassen und man wusste, wann die Fähre fuhr und wann nicht. Nur bei großen Stürmen, im Herbst und im Winter, da konnte es schon einmal vorkommen, dass die

Fähre für ein paar Tage gar nicht kam. Dann saßen die Menschen auf der Insel fest, keine Vorräte kamen mehr vom Festland herüber und man bekam noch besser ein Gespür dafür, was es eigentlich hieß, auf einer Insel im Meer zu leben. Ohne Flugplatz, ohne Bahnverbindung. Wie in ganz alten Zeiten, als es nur die Schiffe gab.

Der Samstag war für Erik meist ein guter Tag. Denn alle Reisenden mussten zum Hafen, wo die Fähre anlegte. Und genau damit verdiente Erik sein Geld. Vor ein paar Jahren hatte er sich zusätzlich zur Kneipe einen Imbisswagen zugelegt. Aus diesem etwas in die Jahre gekommenen Auto mit eingebauter Küche und Theke, verkaufte er direkt am Hafen Fisch- und Krabbenbrötchen, Bratwürste, Bier, Limo, Kaffee, Süßigkeiten und anderen Krimskrams. Frische Nordseeluft macht hungrig, somit hatte Erik mit seinem Wagen von Anfang an Erfolg. Aus dem Hafen war er inzwischen nicht mehr wegzudenken. Bei gutem Wetter kamen mehr Kunden als bei Schietwetter zu ihm, so stieg seine Laune, als er heute die Wolkenlöcher und die Sonne sah. Was er nicht ahnen konnte: Er würde gleich so einen Ansturm bekommen, dass er seine „Kunden" gar nicht alle bedienen konnte. Und viele davon hatten nicht einmal vor, ihr Essen zu bezahlen.

Doch noch lief alles wie immer. „Dann riskieren wir mal wieder ´ne große Klappe!", sagte er, als er die seitliche große Klappe des Imbisswagens öffnete und seinen Grill angefeuerte. Die typische Mischung aus Kaffee-, Fisch- und Würstchengeruch breitete sich langsam über dem Hafen aus. Erik hatte ein gutes Gefühl. Er rieb sich die Hände. Das würde sicher ein erfolgreicher Tag werden, dachte er. Noch.

Den aus dem Hafen aufziehenden Imbissduft registrierte die Möwengruppe rund um Lars bereits lange, bevor sie das kleine Hafenstädtchen erreicht hatte. Während viele Menschen heute noch glauben, dass Vögel gar nicht riechen können, weiß man inzwischen, dass genau das Gegenteil der Fall ist. Viele Zugvögel orientieren sich sogar an Gerüchen auf ihren langen Wegen. Die Möwenbande hatte aber keine lange Reise im Sinn, sondern einfach nur Kohldampf. Und der Duft aus Eriks Imbissbude ließ ihre Mägen noch lauter knurren. Ihre Augen wurden groß. Jede von ihnen begann zu träumen. Die einen sahen den gegrillten Fisch schon vor sich, extra für sie schön durchgegart, die anderen sehnten sich nach Eriks saftigen Krabbenbrötchen. Hmm, lecker. Und wieder andere stellten sich die Würstchen vor, die viel besser schmeckten als jeder Wattwurm, so herrlich zart und gar nicht zäh. Und dann als Nachtisch noch das ganze Brötchen hinterher. Viel zu groß für den Schnabel, aber – zack, zack – in Stücke zerrissen und runtergeschlungen. Hach. Möwenleben, du kannst so schön sein! Das sollte man sowieso viel öfter machen: Den Menschen die Brötchen abluchsen. Der Bedarf an diesen belegten Brötchen war grenzenlos.

Lars musste somit nicht lange überlegen, wo die Möwenausflugsgruppe anfangen würde mit ihrem Beutezug. Da er jedoch wusste, dass nicht alle Menschen so tickten wie Nele, die ein paar Körner freiwillig herausrückte, rief er: „Möööwenversammlung auf dem grünen Dach! Wir brauchen einen guuuuuten Plaaaaan."

Der Schwarm war gar nicht begeistert, aber sich mit den Menschen anzulegen, war auch nicht so einfach. Alle folgten ihrem Anführer auf das Dach des kleinen Rathauses der Stadt.

„Kuck mal, was veranstalten die denn da?", sagte Greet zu Jasper, als sie aus der Ferne zusahen, wie die Möwen landeten und sich dicht zusammendrängelten.

„Haste das noch nicht gehört? Die wählen heute ihren neuen Bürgermeister. Stand doch wochenlang immer wieder in der Zeitung", erklärte Jasper grinsend. „Warum denkst du sollten die sich sonst auf dem Rathaus versammeln?"

„Seeehr witzig, und was ist dann mit dieser einzelnen Möwe da drüben?", fragte Greet herausfordernd.

„Das? Das ist der olle Bürgermeister Janssen, der darf nicht mehr zur Wahl antreten, der darf nicht mehr mitmachen! Er hat sich darüber tierisch aufgeregt und Protest eingelegt. Er ist dafür extra nach Hamburg geflogen zum großen Möwenrat. Aber die haben ihm dann auch nichts anderes gesagt, als das, was schon seit jeher Möwengesetz ist: ,Nee, Janssen', haben die gesagt, ,fünf Jahre Bürgermeister sein, reicht, mehr geht wirklich nicht.' Und jetzt sitzt er beleidigt nebendran", antwortete Jasper schlagfertig.

Greet lachte und beide gingen weiter Richtung Hafen.

Die einzelne Möwe auf dem Dach gegenüber hieß nicht Janssen und war auch nicht Möwen-Bürgermeister. Sie hieß Klong. Na ja, eigentlich hieß sie Dörte, aber seit dem Zwischenfall mit der Fähre nannten sie alle nur noch Klong. Es muss vor so ungefähr zwei Jahren gewesen sein, da wollte Dörte einem Menschen an Bord der Fähre ein Eis wegschnappen. Dumm dabei war nur: Der Mensch stand hinter einer sauber geputz-

ten Fensterscheibe und Dörte hatte das vor lauter Gier übersehen. Es war zugegebenermaßen auch ein sehr großes Eis,
da konnte man sich schon mal verschätzen. Auf jeden Fall war
sie mit einem deutlichen „Klong", so beschrieben es die anderen, gegen die Scheibe geflogen – Gott sei dank nicht zu
schnell. Sie konnte sich wieder aufrappeln und setzte sich auf
die Reling des Schiffes. Angeblich war sie dann den ganzen
Weg zum Festland auf der Fähre mitgefahren. Und seit sie ein
paar Tage später wieder mit der Fähre nach Hause zurück auf
die Insel gekommen war, war sie irgendwie, na, anders. So saß
sie auch als einzige auf dem Dach gegenüber der Möwenver-
sammlung und schaute verträumt, den Kopf etwas zur Seite
geneigt, in der Gegend herum.

*Silbermöwe*

„Hööööört gut zuuu!", setzte Lars zu seiner Rede an. Die Möwenbande lauschte ungeduldig. „Diiiiie Menschen machen es uns heute leiiiiiiicht, am Hafen gibt es massenweiiiiise Fischbrööööötchen. Heute kommt die Fääääährе."

Die Möwen nickten aufgeregt, ja, ja, sie wussten, was das hieß, denn in der Möwenschule lernte man frühzeitig den wichtigen Satz: „Viele Menschen, viele Brööötchen."
Aber der alte Lars sollte sich jetzt mal beeilen. Was erzählte er denn da für Sachen? Das wussten doch alle. Dann ging er ins Detail und stellte seinen Plan vor, wie man heute den Hunger wirklich komplett stillen könnte. Die Möwen trappelten nervös mit ihren Füßen auf dem Dach hin und her. Keine hatte Lust, wieder mit halbleerem Magen abziehen zu müssen. Sie hörten ihm zu. Aber etwas mehr Beeilung von Lars wäre echt angemessen gewesen.

Währenddessen hatte Erik bereits alle Hände voll zu tun. Die ersten Kunden versammelten sich an seinem Imbisswagen. Manche schlürften einen wärmenden Kaffee, andere hatten früh am Tag schon richtig Lust auf ein frisches Krabbenbrötchen und ein herbes Bierchen. Jasper und Greet hatten die frisch gepulte Ware direkt aus der Bootshalle geliefert und danach weitere Vorräte für ihn in Rikes Markt abgeholt. Während Erik einen Kaffee nach dem anderen ausschenkte, luden die Kinder korbweise Waren aus ihrem Fahrradanhänger und verstauten alles in seinem Wagen.
„Junge, ist hier schon was los!", sagte Greet.
„Wundert mich nicht", antworte Jasper, „Du hast doch Jakobson gehört, dass der große Sturm kommt. Bestimmt verlas-

sen einige Gäste die Insel deswegen frühzeitig, bevor sie nicht mehr wegkommen. Vielleicht müssen Mama und Papa sogar wieder woanders mit der Fähre Pause machen, um den Sturm in einem anderen Hafen abzuwarten."

„So ein Mist. Es ist noch ein bisschen früh für die großen Herbst- und Winterstürme", sagte Greet, die das Spielchen schon gewohnt war, dass ihre Eltern manchmal nicht rechtzeitig nach Hause kommen konnten.

„Na, Hauptsache Erik wird heute glücklich, dann lässt er vielleicht wieder mal ein größeres Trinkgeld springen, der Sklaventreiber!", lästerte Jasper fröhlich.

Auf dem Rathausdach ging die Versammlung dem Ende entgegen. Lars merkte, dass die Meute viel zu aufgeregt war, um noch länger durchzuhalten. Der Hunger machte die sowieso schon nervösen Möwen zu extrem zappeligen Zappelvögeln. Sie schauten mehr Richtung Hafen, als dass sie ihm noch zuhörten.

„Stöööörtiii, du bleibst schön in meiner Nähe und machst nicht wieder irgendwelche Extrakuuurven!", herrschte Lars sie an. Er hatte mitbekommen, wie entspannt sie war. Außerdem war ihr dicker Bauch nicht zu übersehen.

Plötzlich erhob sich Klong, früher besser bekannt als Dörte, von ihrem einsamen Aussichtspunkt und flog los, direkt Richtung Hafen. Lars wollte soeben zu einem überzeugenden Schlusswort ansetzen, da war bereits alles hinüber. Die Möwen waren nicht zu halten. Alle sprangen gleichzeitig in die Luft, niemand wollte etwas verpassen. Ein Gekreische setzte ein, dass man dachte, hier herrschte der große Feueralarm.

Lars hatte keine Wahl, auch für ihn ging es los. Nur Störti ließ sich Zeit. Sie grinste und dachte: Na, wenn das mal gut geht. Niemand war zufrieden mit der Lage, klar, aber gleich einen Überfall auf die Menschen? Wirklich? Musste das sein? Wie auch immer. Anschauen wollte sie es sich in jedem Fall.

## Kapitel 18

# Der Überfall

*Ran an die Fische, wir lassen´s mal krachen.*
*Kuckt nur alle zu, wie schnell wir das machen!*


Klong lag in Führung. Zielstrebig steuerte sie auf den Hafen zu, die Möwenmeute hinter ihr her. Noch hundert Meter. Nur noch wenige Augenblicke trennten sie alle vom Fischbrötchenglück und Würstchenhimmel. Der Gegenwind war ihnen egal, Lars´ zu lang erklärter Plan auch.

„Nein, neiiiiiiiin, nein, nicht alle gleichzeitig!", schrie Lars nach vorn durch.

Klong wechselte die Richtung. Sollte sie auf den selbsternannten Möwenchef gehört haben? Jetzt stürzte sie sich fast senkrecht in Richtung Hafenmauer hinunter. Irritiert beobachteten die Möwen den Sturzflug. Noch viel verstörter aber blickte ein Kormoran auf das Geschehen, der, auf der Mauer sitzend, gerade dabei war, eine etwas zu große Scholle hinunterzuschlingen. Aufgrund ihres enormen Ausmaßes hatte der Vogel einige Schwierigkeiten damit. Noch mehr Sorgen machte es ihm, dass er eine sehr entschlossen dreinblickende Silbermöwe im Sturzflug auf sich zukommen sah, die auch noch anfing zu kreischen. „Chro-Chro?", würgte der Kormoran hervor, wobei ihm die Scholle aus dem Schnabel fiel. Mit weltmeisterlicher Kunstflugpräzision nutzte Klong ihre enorme Geschwindigkeit, schnappte mit nach dem Fisch und die Scholle erhob sich mit

Klong in die Lüfte. Ratlos und mit offenem Schnabel blickte der Kormoran seinem flüchtigen Frühstück hinterher. „Chro-Kna-Gak?" Welch eine Unverschämtheit war das denn? So etwas hatte man auf der Insel noch nicht erlebt. Kormorane hatten bis zum heutigen Tage ein recht distanziertes Verhältnis zu den Möwen. Man mochte sich nicht besonders, ließ sich aber in Ruhe. Das hier ging gar nicht. Angesichts der Masse an Möwen beschloss der schwarze Vogel jedoch, seinen Protest lediglich mit einem Kopfschütteln auszudrücken und besser nichts weiter zu unternehmen. Zu viele von diesen Räubern. Zu viele Gauner am Himmel.

Die Möwenkollegen bewunderten Klong für diesen 1a Fischraub ziemlich genau viereinhalb Sekunden lang. Dann meldete sich bereits die Habgier und der Schwarm stürzte sich mit lautem Gedöns auf Klong und das exzellente Frühstück.

Lars bekam eine handfeste Krise. „Stooooop! Um Himmels Wiiiiillen, kommt zurüüüüück!"

*Scholle*

Doch er schrie vergeblich. In den nächsten drei Minuten flogen die Fetzen und es gab keine Ruhe, bis auch die letzte Gräte der Scholle verspeist war. Einzig Störti zog in größerer Höhe ihre Kreise und blickte amüsiert auf das Treiben, wie Lars den Schwarm wieder zur Ordnung bringen wollte. Ein herrlich zu beobachtendes Theater, sofern man satt und zufrieden war. Auch wenn die Scholle ein Prachtexemplar gewesen war, so blieb für viele im Schwarm wenig oder gar nichts übrig. Die Stimmung war somit noch aufgeheizter als zuvor und Störti sah, wie der Schwarm sich jetzt auf den Weg zurück zum Hafen machte.

„Au backe!", schrie Jasper, der als erstes erkannte, dass hier etwas nicht stimmte. Und schon erhob sich das erste Fischbrötchen in die Luft. Gleich drei Möwen hatten sich auf den armen Inselbesucher gestürzt und während die eine ihm auf der Mütze landete, schnappten sich die anderen beiden zugleich von links und rechts das Brötchen. Weder Brötchen noch Fisch hatten den Hauch einer Chance. Sprichwörtlich in der Luft zerteilte sich die lecker duftende Beute und diesmal bekamen vier Möwen davon etwas in ihre Mägen. Während eine Frau geistesgegenwärtig ihr Krabbenbrötchen unter ihren Mantel steckte, verloren zwei weitere Männer ihr Frühstück an die kreischenden Möwen. Eine süße Gummischlange eines Kindes, zwei Bratwürste mit Senf unbekannter Herkunft, sowie ein Käsebrot eines Matrosen erhoben sich in den nächsten Sekunden in die Lüfte. Es wäre das Paradies, wäre es genau anders herum. Dann brächten die Vögel Leckereien zu den Menschen. Doch dieser Film lief in die andere Richtung.

Und die Menschen am Boden sahen entsetzt zu, wie sich die Speisen über ihren Köpfen in Stücke zerteilten und unter Gekreische in den Mägen der Möwen verschwanden. Einzig Jasper stand völlig begeistert mit offenem Mund neben Greet und erfreute sich an diesen Actionszenen.

Erik konnte das räuberische Treiben nicht länger mit ansehen und stürzte aus seiner Bude heraus. Mit wildem Gefuchtel versuchte er, die Möwen zu vertreiben und seine Kundschaft zu beschützen. „Zum Teufel mit euch!", schrie er und fing an, hin und her zu rennen. „Von euch lasse ich mir den Samstag doch nicht versauen!"

Ein Mann mit Bier in der Hand sprang noch schnell zur Seite, da Erik mehr in die Luft schaute als auf Hindernisse am Boden. Gerade als Erik das Gefühl hatte, die Möwen einigermaßen vertrieben zu haben, sah er, wie eine besonders dreiste Möwe direkt in seinen Imbisswagen hineinflog, um für Nachschub zu sorgen. Als sie nur Sekunden später mit einer dicken Wurst wieder herauskam, machte ihr Vorbild Schule und schon stürzte ein Vogel nach dem anderen in den menschenleeren Wagen hinein. Erik konnte nicht glauben, was er sah. Es verschlug ihm die Sprache. Er zeigte mit weit ausgestrecktem Arm auf seinen Imbisswagen und stotterte irgendetwas Unverständliches vor sich hin. Es war mehr so ein lautes Atmen mit Ton, ein verzweifeltes Stöhnen, so eine Art „Hhhhhhh!?". Nach Möwe Nummer sieben kam er zu sich und spurtete zur Seitentür wieder in seinen Imbisswagen. Was dem Ansturm an Möwen eher wenig ausmachte. Eine nach der anderen nahm den Weg zu ihm hinein und krallte sich geschickt, was so herumlag. Erik griff zu einer Pfanne.

Da hatte Greet die rettende Idee: Wenn sie die große Seitenklappe des Imbisswagens schnell schließen könnte, würde keine Möwe mehr reinkommen.

„Jasper, mach die Klappe zu!", brüllte sie ihrem Bruder zu.

„Hä?" Er wunderte sich über die Beleidigung.

„Die Klappe zu, auf mein Zeichen!", schrie Greet und legte die Hand an die Strebe. Da verstand Jasper. Er griff nach der Strebe auf seiner Seite und machte sich bereit. Sicher würde sie als Kommando laut bis drei zählen.

„Drei!", schrie Greet und riss die Strebe weg.

Jasper machte große Augen, fackelte dann aber nicht lange und tat auf seiner Seite das Gleiche. Mit einem fürchterlichen Rrrrrumms knallte die Seitentür des Imbisswagens herunter.

Das Letzte, was man hören konnte, war ein „Was?" von Erik, für den es mit einem Schlag dunkel wurde, denn seine kleine Seitentür hatte er vorher schon zugemacht.

„Beim Kanonendonner!", hörte man ihn von drinnen schimpfen. Er stand völlig im Dunkeln, der Grill füllte den Raum langsam mit Rauch und plötzlich krachte und rumpelte es. „Beim Klabautermann. Euch soll der Teufel holen!".

Während Jasper sich aufgeregt die Haare raufte, stand Greets Mund weit offen. Die Kinder rannten zur Seitentür, um Erik Licht zu verschaffen. Durch den Monsterknall der herunterfallenden Klappe waren alle Möwen vor Schreck gefühlte zweihundert Meter nach oben geflogen.

Alle? Nein. Denn als die Kinder die Tür öffneten, kamen ihnen durch den Rauch drei große Silbermöwen entgegengestürzt. Während Greet genug Abstand gehalten hatte, wurde Jasper von der dritten Möwe regelrecht umgeschossen. Greet sah die besten Fotos ihres Lebens an sich vorüberziehen. Ohne Kamera. Sie half ihrem Bruder auf, die Möwe schüttelte den Kopf und flog davon.

„Ich glaub, ich spinne!", kam es aus dem Inneren der Imbissbude. Hinter dicken Rauchschwaden kniete Erik auf dem Boden und hustete. Ein Fischbrötchen klebte ihm im Gesicht, in seinem Haar hing ein Büschel kleiner Möwenfedern. Er zeterte unentwegt. „Diese gefiederten Räuber! Ich werde sie als Staubwedel benutzen! Wenn ich die kriege!" Sein Gesicht war feuerrot, ein Stück feiner Nordseehering glitschte von seinem Haar über sein Ohr und fiel zu Boden.

Nachdem alle Möwen etwas ergaunert und sich verabschiedet hatten, versammelten sich die Gäste rund um den Imbisswagen und halfen dem völlig verstörten Erik auf die Beine. Die Kinder öffneten die Seitenklappe und legten sich mächtig für Erik ins Zeug, um den Betrieb wieder zum Laufen zu bringen. Denn mehr und mehr Leute kamen. Selbst vom anderen Ende des Hafens trudelten die Menschen ein, die das Spektakel beobachtet hatten. Schon kurze Zeit später prostete man sich bei Bier und Kaffee zu. So viele Gäste wie noch nie freuten sich an den neu zubereiteten Speisen und tauschten aufgeregt ihre Beobachtungen untereinander aus.

## Kapitel 19

# Hektik bricht aus

*Der Insel nun droht bald der riesige Sturm.*
*Auf Tauchstation geh´n, wird nicht nur der Wurm.*

Es war etwas im Anmarsch, etwas Großes. Gegen Mittag an diesem Samstag frischte der Wind immer weiter auf, am Himmel türmten sich die Wolken und die Wellen schlugen immer heftiger und höher an die Küste. Im Hafen herrschte Hochbetrieb, die Nachmittagsfahrt der Fähre war für 14 Uhr angesagt. Das war die letzte Chance für heute, noch auf die Insel herauf- oder von der Insel herunterzukommen. Gäste rollten ihre klappernden Koffer über Stock und Stein, Anspannung lag in der Luft. Erik verkaufte Rekordmengen an Brötchen, Bier und Kaffee, nur zum Teil aufgrund von Hunger und Durst, einiges auch wegen Stress. Hatten sich die Gespräche eine ganze Zeit lang um den morgendlichen Möwenüberfall gedreht, so war jetzt das Wetter Thema Nummer eins. Denn der Wetterdienst hatte gemeldet, dass der bevorstehende Sturm echte Probleme machen könnte.

Wenn man an der Nordsee vom Wetter spricht, dann geht es meist um eins: den Wind. Nirgendwo bläst er so oft, aber auch so stark wie hier oben auf dem Meer, den Inseln und an der Küste. Die Seefahrer und Wetterkundler messen die Windstärken in Beaufort, was man einfach „Bofor" ausspricht. Von

Beaufort eins: kaum was los – bis Beaufort zwölf: Orkan! Bei Windstärke zwölf bläst der Wind so schnell wie Autos auf der Autobahn fahren. Die Skala geht sogar noch weiter bis 17, das sind den Einheimischen aber viel zu viele Zahlen. Sie verwenden meist nur drei Beschreibungen: „laues Lüftchen", „steife Brise" (wobei sie nicht „schteif" sondern „s-teif" sagen) und dann kennen sie jeder noch eine „Blanker Hans"-Geschichte. Während die meisten Touristen sich schon bei einem lauen Lüftchen unwohl fühlen, sämtliche Regenschirme zu Drachen werden und viele nicht mehr verstehen, was das noch mit Urlaub zu tun hat, merken die echten Nordlichter den Wind erst ab „steife Brise".

„Wind ist erst, wenn die Schafe keine Locken mehr haben", so ein typisch nordischer Spruch, der natürlich total übertrieben ist. Doch beim Blanken Hans hört dann auch bei den Nordlichtern der Spaß auf. In Stein gemeißelt steht am Pegelturm der Hamburger Landungsbrücken: „Hüte dich, wenn der Blanke Hans kommt". Vor ihm haben sie alle großen Respekt.

Es ist der Name für einen Sturm, der nicht mehr bläst, sondern brüllt, der das Wasser höher als Häuser auftürmen kann und dann in Form einer Sturmflut schweren Schaden bei Schiffen, an den Küsten und auf den Inseln anrichten kann. Er ist so stark, dass Beaufort 12 dafür nicht mehr ausreicht. Hier vergeht auch dem hartgesottensten Fischkopp das Scherzen, dann heißt es nicht mehr nur aufpassen, sondern in Deckung gehen. Schützen, was zu schützen ist. Und all das stand der kleinen Nordseeinsel jetzt wohl bevor. Einer der ersten gewaltigen Herbststürme mit kalter Luft aus Nordwest.

Im Hafenamt war viel los. Die Tür ging auf und zu, nicht nur durch den kräftigen Wind, sondern weil neugierige Menschen vom Hafenmeister wissen wollten, wie es die nächsten Tage weiterging. Denn wenn einer auf der Insel wusste, was das mit dem Sturm für die Leute bedeutete, so war es Svensson. Er telefonierte, hing am Computer und der Funk lief pausenlos. Mit seiner lauten Stimme unterbrach er das wilde Geplapper im Amt und machte eine klare Ansage: „Kinners, Gäste, hört mal zu! Wir haben gerade eine neue Sturmwarnung reinbekommen. Das ist zwar ein büsch'n früh, aber nix, was die Insel noch nicht gesehen hätte. Geht dann bald mal in eure Wohnungen zurück, wir informieren jetzt alle. Die Promenade und den Hafen machen wir nach der Fähre für Besucher dicht. Kauft euch bei Rike noch ein paar Sachen ein, damit ihr morgen früh was zu essen habt. Könnte ruppig werden, heute Nacht geht's so richtig rund."

„Aber, aber, am Montag fährt die Fähre ja wohl, oder? Ich muss dann zurück an Land in die Arbeit, mein Urlaub ist am Dienstag zu Ende, ich hab ein wichtiges Meeting!"

„Jetzt hör mal. Dem Sturm ist erstmal egal, wer wann Urlaub hat, und ob du zu deinem Meeting kommst oder nicht. Und glaub mir eines: Wenn der Wind so richtig in Fahrt kommt und die Wellen hier über die Mauern schlagen, dann bleibst du gern freiwillig noch hier. Dann hast du es muggelich warm und trocken, isst einen lecker Fisch – statt bei Monsterwellen auf ein Boot zu steigen, um zu deinem Chef zu fahren. Bei sowas könntest du direkt den Fischen dort begegnen, wo die eigentlich leben. Und ich weiß nicht, ob die sich freuen, dich dort zu treffen."

Betretene Stille. So war Svensson: „Klare Kante" nannte man das. Ein deutlich verständliches Bild laut ausgesprochen, direkt ins Gesicht. Soviel Klarheit wie eben durch den Raum gefegt war, war nicht für jeden geeignet. Doch wenn Sturm kommt, kommt Sturm, dann redete der Hafenmeister nicht drumherum. Wenn das Wetter was anderes wollte als ein paar Touristen, dann wusste er, wer am Ende wohl gewinnen würde.

Eine aufdringlich duftende Dame mit dicker Perlenkette und einem Regenschirm fasste sich als erste ein Herz und ließ ihrer Aufregung freien Lauf: „Davon stand nichts im Reiseprospekt! Ich komme doch nicht hierher, um mich dann von ein bisschen Wind an der Rückreise hindern zu lassen. Es wird ja wohl sowas wie ein Wassertaxi geben, dem ein paar Wellen nichts ausmachen! Darauf muss man doch hier eingestellt sein, auf Mallorca habe ich das noch nicht erlebt!"

Svensson legte seine Stirn in Falten und schaute die Frau an. Sein Blick glich einem Stoppschild. Die Frau kuckte ihn irritiert an und wartete auf eine Antwort von ihm. Doch er sagte nichts, er blickte sie einfach weiter an. Im Hafenamt herrschte für ein paar Sekunden Totenstille, die allen Anwesenden wie Minuten vorkam. Svensson erinnerte sich an seine Zeiten als Kapitän des Kreuzfahrtschiffes. Damals hatte es genügend Situationen gegeben, bei denen er mehr gewusst als gesagt hatte, um an Bord nicht Angst und Schrecken zu verbreiten. Doch hier und heute gab es Grund, die Menschen deutlich zu warnen, damit sie nicht aus Leichtsinn in Gefahr gerieten. Er hätte Lust gehabt, der Frau mal ordentlich die Meinung zu sagen.

Er biss kurz die Zähne zusammen und sagte trocken: „Nochmal das Wichtigste in Kürze für dich und alle anderen. Wir bekommen einen großen Sturm. Wer von der Insel noch runter will, der kann die letzte Fähre um zwei nehmen. Ansonsten bleibt einfach ruhig und tut am besten das, was man euch so sagt, von denen, die sich auskennen. Es wird alles gut gehen. Und jetzt entschuldigt, ich habe zu tun."

Seine Worte zeigten Wirkung. Als die Dame sah, dass die anderen Leute gingen, wollte sie sich nicht weiter mit diesem bärtigen Mann anlegen, es gab ja immerhin die Option nachher mit der Fähre noch spontan abzureisen, das erschien ihr wohl die beste Wahl.

Svensson griff zum Telefon: „Hafenamt für Bürgermeister, ist Frithjof da? ... Ja, ich warte ... Moin, Frithjof, hier Svensson, der Wetterdienst hat es gerade amtlich gemacht. Wind bis 11 ist angesagt und ordentlich Wasser im Anmarsch."

„Verstehe, na, dann wissen wir jetzt, dass Jakobson Recht hatte mit seiner Vermutung. Das wird ein dicker. Lass uns loslegen. Heute Nacht beginnt die Sturmsaison!", antwortete der Bürgermeister.

„Na, denn man tau. Die Hühner hier werden schon nervös. Ich hatte hier ´ne Dame vom Festland im Amt, das glaubst du nicht. Du weißt schon, so eine mit Regenschirm. Die hat doch tatsächlich ... "

„Ach, Svensson, du weißt, wir sind froh um jeden Gast, der auf die Insel kommt. Dass sie manchmal keinen Sinn für die Natur mehr haben, das ist doch klar. Die lernen bei uns noch was. Also. Schick die Leute heim und mach deine Ansagen. Lass uns anfangen, ich sag Knut Bescheid und gebe Inselalarm."

Svensson legte den Hörer erst gar nicht auf, sondern wählte direkt die nächste Nummer. „Ole? Pass auf. Das wird ein dickes Ding, hol deine Schafe in den Stall rein und beeil dich. Die haben 11 angesagt, kommst du klar oder brauchst du Hilfe?"

„Nee, das geht alles klar so weit. Ich hab heute früh schon angefangen, aber ich werd noch verrückt, ich hab einen zu wenig. Einer fehlt!!!"

„Och, Ole, du meinst doch nicht ..."

„Doch, klar, Willibald fehlt, der macht mich echt fertig. Den wird es umwehen. Dieser ..."

„Um den brauchst du dir wirklich keine Sorgen machen, der liegt bestimmt bei Nele in den Kartoffeln oder kuckt bei den

Kindern Fernsehen oder macht mit der Fähre rüber aufs Festland. Das olle Fluchtschaf ist doch noch immer wieder aufgetaucht."

Draußen stellte Hansen inzwischen fest, dass die Bratwurst heute etwas rauchiger schmeckte als sonst. Jeden Samstag bekam er eine von Erik. Und viel los war heute, dachte er bei sich. Zurück am Boot machte er weitere Beobachtungen, denn wie alle Hunde, erkannte er bereits am Gesicht der Menschen, wie es denen so ging: Innerhalb der letzten Minuten, während er kurz weg gewesen war, hatte sich etwas geändert. Er erlebte die Menschen alle angespannt und auch sein Jakobson sprach nun lauter.

„Sturm, mein Großer, er kommt zu Besuch! Svensson hat's gerade gesagt. Das, was wir draußen erlebt haben, kommt mit Anlauf auch hier rüber. Heute Nacht wird's rund gehen."

Hansen legte den Kopf schräg und schaute ihn an.

„Jetzt heißt es, die Wellenbeißer gut zu sichern. Komm rüber und hilf mir mal!"

Mit einem großen Satz war der Erste Offizier wieder an Deck.

Aus dem Lautsprecher kam eine Durchsage: „An alle im Hafen, aktuelle Warnung. Die Windvorhersage wurde für heute Nacht auf 12 hochgestuft. Die Fähre kommt wie geplant um 14 Uhr und legt auch wieder Richtung Festland ab. Ich wiederhole: letzte Möglichkeit Richtung Festland, die Fähre um 14 Uhr. Um 17 Uhr wird das Hafentor dichtgemacht, um vor Flutwellen zu schützen. Ich wiederhole: kein Schiffsverkehr mehr ab 17 Uhr."

„Na, das geht ja nu fix.", sagte Jakobson zu seinem Bordhund „Also, Erster, wir brauchen noch ein paar Leinen. Wir müssen mehr Zeug festmachen, dass nix, aber auch gar nix wegfliegt und untergeht."

Erik erzählte seinen Kioskgästen inzwischen besonders beeindruckende Fährgeschichten. Wie etwa vor vielen Jahren der damals noch junge Kapitän Hinrichs die Fähre durch einen heftigen Sturm steuerte, obwohl er das gar nicht mehr hätte machen müssen. Doch auf der Insel gab es eine verletzte Frau, die er noch von der Insel runterholte und zum Festland brachte, wo sie im Krankenhaus behandelt werden konnte. Normalerweise machte sowas die Seenotrettung, aber die war mit einem Notruf draußen auf See beschäftigt. Das robuste Schiff hatte mit Kapitän Hinrichs und seiner Mannschaft eine fabelhafte Besatzung. Darunter auch die Eltern von Greet und Jasper. Sie versorgten viele Inseln mit Waren und brachten die Leute rauf und wieder runter. Das war ihr Job und den nahmen sie ernst. Erst recht, wenn es irgendwo einen Notfall gab. Auf diese Crew war Verlass. Bis die Fähre mal nicht mehr kommen würde, musste schon wirklich Schlimmes passieren.

Rike beschriftete ihr Schild am Laden neu: „Wegen Sturm heute nur bis 17 Uhr geöffnet."
    Smilla hatte bereits das letzte Brot des Tages verkauft und machte den Bäckerstand für heute dicht. Sie half Rike mit ihren Einkaufskunden, viele Gäste nahmen Svenssons Rat offensichtlich ernst und kauften noch ein paar Vorräte ein. Jakobsons Krabben waren der Renner. So konnten die Leute in ihren Wohnungen das Pulen üben, eine ideale Sturmablenkungsbeschäftigung.

Je älter dieser Tag wurde, umso mehr konnte man auf der ganzen Insel Hektik spüren. Jeder, der nicht mehr arbeiten musste, traf schnell seine Vorbereitungen – vor allem an den Stellen, die nahe am Meer lagen. So wurde festgezurrt, was sonst wegfliegt, Fahrräder hereingeholt und wer fertig war, der half beim Nachbarn mit. Die freiwillige Feuerwehr rückte aus, sicherte ein paar Stellen zusätzlich gegen Wasser ab, Strandkörbe in Gärten wurden verräumt oder an besser windgeschützte Plätze gestellt.

Die Polizisten Svea und Knut, die wegen des Motorschadens ihres Bootes Makrele 11 sowieso nicht rausfahren konnten, schnappten sich das Polizeiauto und fuhren mit Greet und Jasper sowie Jakobson und Herrn Hansen zum anderen Ende der Insel. Dort halfen alle Nele, den Bauernhof abzusichern. Zusammen mit den zwei Familien, die bei Nele Urlaub auf dem Bauernhof machten, wurden die Fenster mit schweren Fensterläden verschlossen, sodass der Wind das Glas nicht eindrücken konnte. Alle Tiere kamen in den Stall, eine extra Ration Futter sollte für einigermaßen Ruhe sorgen. Bei Neles Gästen überwog die Neugierde und die Tatkraft, von Angst oder Aufregung war hier nichts zu spüren. Deshalb brachten die Polizisten Jasper, Greet, Jakobson und Hansen zu Jakobsons Fischerhäusschen, das noch nicht gesichert war. Kaum angekommen, sprang Hansen bellend aus dem Auto und verschwand.

„Bleibt ihr dann hier oder kommt ihr mit in die Stadt?", fragte Svea.

„Wir haben vorhin mit Mama telefoniert.", antwortete Greet.

„Die Fähre schiebt vollen Einsatz, um die Runde noch ganz zu schaffen und viele Leute noch aufs Festland zu bringen. Die Spätfähre fällt dann aus und sie bleiben drüben an der Küste. Sie hat gesagt, wir sollen zu Jakobson und machen, was er sagt."

„Genau. Die Kinder bleiben bei mir. Wir machen es uns hier muggelich. Aber vorher gibt es noch ´n büsch´n was zu tun. Der Hund wird schon auf uns aufpassen", sagte der Fischer grinsend. „Fahrt ihr mal weiter, es gibt bestimmt noch anderswo Verwendung für euch."

„Na, dann, wird schon schiefgehen!", sagte Knut und fuhr ohne Verzögerung mit seiner Kollegin weiter auf eine große Inselrunde. Sie schauten nach, wo noch Not am Mann oder der Frau war. Heute half jeder jedem. Alle packten an, denn mit dem Blanken Hans war nicht zu spaßen.

Am Fähranleger bildete sich inzwischen eine auffallend lange Schlange von Koffern und ihren Besitzern. Es war zehn vor zwei. Die Leute schauten neugierig in Richtung Meer, ob die Fähre wirklich kommen würde, um sie abzuholen. Andere redeten aufgeregt miteinander, was manche beruhigte, einige eher noch mehr in Unruhe versetzte. Neben den Gästen, deren Urlaub heute zu Ende war, hatten sich auch einige darunter gemischt, die sich entschlossen hatten den Sturm nicht auf der Insel abzuwarten.

„Da isse!", rief plötzlich ein Mann aus der Schlange und zeigte auf die Fähre, die hinter einer Düne auftauchte. Pünktlich steuerte Kapitän Hinrichsen seine Fähre Richtung Hafen.

Mit „Juchuuu!"-Rufen und Applaus machte sich Erleichterung breit. Je näher das Schiff kam, desto deutlicher konnte man aber auch sehen, wie aufgewühlt das Meer bereits war und wie das Boot heftig schwankend über die Wellen ritt. Die am Hafen wartenden Passagiere durchlebten ein Auf und Ab der Gefühle im Angesicht vom Hoch und Runter der Wellen.

Zwei aus der Schlange sah man, wie sie plötzlich umdrehten, um nicht an Bord gehen zu müssen, ihnen war es wohl besonders mulmig geworden.

## Kapitel 20

# Der Blanke Hans

*Ein Schrei wie ihn nur der Blanke Hans kann,*
*zieht alle Bewohner in seinen Bann.*

An diesem Samstagnachmittag wurde es auf der Insel ungewöhnlich früh dunkel. Binnen weniger Minuten zogen dicke
schwarze Wolken auf, die mit hoher Geschwindigkeit über
den Himmel rasten. Ein weiterer Vorbote einer großen Sturm-
front war jetzt sichtbar geworden. Der Wind fegte inzwischen
mit einem deutlichen Pfeifen über die Insel. Selbst die besten
Flugakrobaten unter den Vögeln stellten die Fliegerei ein. Zu
mühsam war es auch für sie geworden, gegen die gewaltigen Luftmassen anzukämpfen. Die letzten Möwen gaben auf,
drehten ab und ließen sich vom Wind mit unglaublichem Tem-
po in dessen Wunschrichtung treiben.

Nachdem die Fähre ein paar Stunden vorher abgelegt hatte,
folgten die Gäste, die nicht abgereist waren, den ruhigen Ansagen der Insulaner. Die meisten halfen tatkräftig bei ihren
Vermietern, ein paar hatten sich sogar für Sicherungsarbeiten
am Hafen und im Städtchen gemeldet. „Wir sind hier auf einer
kleinen Nordseeinsel und eben nicht in der Großstadt. Wenn
es hier mal besonders stürmt, dann helfen wir mit und tun,
was uns gesagt wird. Das ist doch klar!", konnte man kurz vorher in der Stadt eine Frau noch zu ihrem Mann sagen hören.

Der traute sich offensichtlich nicht zu widersprechen, oder fand das ebenso richtig. Die Wahrheit ließ sich im Vorbeigehen nicht herausfinden.

Wie auf Knopfdruck begann es, zu schütten. Aus allen im Himmel zur Verfügung stehenden Eimern regnete es. Durch den Sturm kam der Regen allerdings nicht von oben, sondern gefühlt von vorn. Einer alten Geschichte nach konnte es an der Nordsee so stark regnen, dass einem die Fische am Gesicht vorbeischwammen. Wenn es so weiterginge, würde das wohl heute tatsächlich passieren.

Ole machte das alles nichts aus, er hatte seine Schäfchen im Trockenen. Als Schäfer wusste er, dass seine Tiere bei Sturm instinktiv die Flucht ergreifen wollen. Da er seine Herde ohne Zaun auf der Insel umherlaufen ließ, würden sie sich bei Sturm weit verstreuen, könnten in Panik ins Meer rennen oder in den Wald flüchten, was auch nicht ungefährlich war. So hatte er schon vor ein paar Jahren einen alten Stall umgebaut. Dieser lag in der Heide, etwas weiter weg von der Küste, gut windgeschützt hinter den Dünen. So bot sie den gewünschten Schutz für Mensch und Tier. Eines nervte ihn jedoch tierisch: Ein Herdenmitglied fehlte immer noch. Fluchtschaf Flitzewitz ließ sich nicht blicken. Das war nichts wirklich Neues. Als normales Herdenschaf war Willibald von Flitzewitz eine Katastrophe. Und in Momenten wie diesem war das einfach nicht gut. Ihm sollte doch nichts zustoßen!

Am nördlichen Ende der Insel klebten Greet und Jasper am „Ausguck", einem runden Fenster, so wie es sie auf Schiffen als Bullaugen gibt.

„Macht euch keine Sorgen um Hansen. Der hat schon so viele Stürme erlebt, dem passiert nix", sagte der Fischer, während er ein paar Kartoffeln in die Pfanne auf dem Herd schnippelte. Fisch mit Bratkartoffeln gab es heute Abend.

Das Fenster vom Ausguck war klein und stabil genug, um es nicht abdichten zu müssen. Durch eine clevere Konstruktion konnte man von innen sogar einen Scheibenwischer bedienen und es so von Regen- und Spritzwasser reinigen. Sie sahen gut nach draußen, durch die Dunkelheit wurde es jedoch immer schwieriger, Details zu erkennen.

„Das Meer sieht aus wie ein weißes Sprudelbad!", meinte Greet.

Durch den starken Wind wurden die Wellenspitzen abgerissen und als weißer Schaum durch die Luft getragen. Unten am Strand flogen Schaumhaufen herum, am Kliff in windgeschützten Ecken sammelten sich Berge davon. Man hätte meinen können, dass sich der Meeresgott Neptun das Shampoo aus den Haaren fönte. Tonnen an Wasser schlugen vom Wind getrieben an die Küste. Es war, als wäre die Natur mächtig zornig.

Jakobson legte den Fisch in die Pfanne und sagte: „Auf dem Boot, draußen auf See, bei so einem schweren Wetter, da merkst du erstmal, wie klein du als Mensch wirklich bist, wie wichtig dein Boot ist und wieviel Kraft die Natur hat. Macht euch mal klar, was für ein Gewicht da im Wasser unterwegs ist. Das Wasser in eurer Badewanne zu Hause wiegt so viel wie ein dickes, fettes Schwein. Nun stellt euch mal vor, dass es Wellen gibt, die sind locker so hoch wie ein ganzes Haus. Wenn sowas über das Deck rollt und auf dich runterkracht, das ist wie wenn eine Horde Schweine auf dich runterregnet. Sowas hält kein Mensch aus. Und selbst Boote kommen da an ihre Grenzen. Bei richtigen Kaventsmännern, da verbiegt sich sogar der härteste Stahl. Meine Wellenbeißer hat schon viel ausgehalten. Sie hat mir oft das Leben gerettet."

„Mensch, das muss irre sein, solche wilden Tänze dort draußen zu erleben!", sagte Greet.

„Das stimmt wohl", antwortete Jakobson, „und das Merkwürdige daran ist: Nach so einem heftigen Geschaukel geht das an Land danach ja weiter. Wie wenn ihr aus der Achterbahn rauskommt: Man denkt, alles schwankt immer noch, dabei steht man fest auf der ruhigen Erde. Der wilde Ritt im Körper aber, der geht ´n büsch´n weiter. Verrückt, oder?"

„FLITZI! DA! DA! NEE! HANSEN!"

„Was?"

„Hansen ist da draußen und treibt Flitzi vor sich her! Nee, Flitzi scheucht Hansen?!", schrie Jasper wie am Spieß.

„Das ist ja ein Ding. Hat er den Ausreißer gefunden?"

„Macht die Tür auf, die Tür auf!"

Greet öffnete die Tür und mit ordentlichem Rückenwind purzelten zwei pudelnasse Tiere in die gute Stube, zuerst Hansen, dicht hinter ihm Flitzi.

„Tür zu!", rief Jakobson und mit einiger Mühe drückte Jasper sie gegen die Kraft des Windes zu.

Während Hansen sofort an den Kindern hochsprang und sie

ganz schön einsaute, stand Flitzewitz etwas bedröppelt im Wohnzimmer und blickte sich vorsichtig um. Er tropfte aus seinem Fell. Die Farbe seiner Schafwolle hatte eine unbeschreibliche Mischung aus gefühlten zwanzig verschiedenen Braun- und Grüntönen.

„Määääh", kam es plötzlich von ihm. Die Kinder schauten zu Jakobson, der schaute zu ihnen und gemeinsam prusteten sie ein herzliches Lachen aus sich heraus.

Ein Schaf im Wohnzimmer? Wo hatte es das denn schon einmal gegeben.

„Ich hole mal ein paar Handtücher", rief Jasper, doch als er zurückkam, hatte sich Flitzi in die entfernteste Ecke verkrochen und schaute die Menschen nicht an. Hansen genoss das Abtrocknen hingegen sehr, verschlang eine große Schüssel Futter und machte es sich am Ofen gemütlich, Flitzi immer im Blick.

„Habt ihr das eigentlich genau gesehen? Hansen kam zuerst rein! Hat Flitzi ihn etwa reingejagt? Was ist da los?", sagte Greet.

Jakobson konnte es sich nicht verkneifen: „Ich denke, er befolgt die neue Inselregel. Er jagt nicht mehr, er lässt sich nun jagen."

Jakobson wollte Ole anrufen, um ihm zu berichten, doch alle Leitungen waren tot, das Handy nicht erreichbar, wahrscheinlich war der Sturm für den Ausfall verantwortlich. Greet stellte das Essen auf den Tisch und gerade, als die drei anfangen wollten, gingen alle Lichter aus.

„Stromausfall!", sagte Jasper blitzartig. Hansen bellte.

„O nein!", rief Greet.

„Macht nix", sagte der Fischer ruhig, „ich hole Kerzen, ihr zündet sie an! Wir machen es uns hier gemütlich, was draußen ist, ist draußen. Der Blanke Hans will zeigen, wie viel Kraft er hat. Soll er nur machen. Wir sind hier drin und in Sicherheit."

„Määäh", kam es aus der Ecke zurück, was mit einem „Woouuf" vom großen Hund quittiert wurde – und Greet wieder lachen ließ.

„Jetzt aber, dann mal guten Hunger!", sagte Jasper und die drei hauten kräftig rein. Es schmeckte wunderbar. Umso mehr, weil man etwas Warmes im Bauch spürte und in einem gemütlichen Haus saß, das allen Schutz bot, während draußen die Welt unterzugehen schien.

Jasper nahm sich bereits die zweite Portion, als Jakobson sagte: „Kinners, ich nehme mal stark an, dass dies heute Hansens Abschiedsvorstellung in Schafangelegenheiten war. Eine gelungene noch dazu, schließlich hat er offensichtlich eins vor dem Sturm gerettet. Irgendwie."

„Ja, aber wie soll das nun weitergehen, Jakobson? Hast du mit ihm geredet?"

„Ja, wir haben auf See ´ne Runde gequatscht dazu. Und wir haben schon eine richtig gute Idee, wie er die Schafe in Ruhe lassen wird. Das geht mit Hilfe von ..."

„Igitt, Alter, stinkt das hier! Riecht ihr das auch?", entfuhr es Jasper plötzlich.

Greet hielt sich sofort die Nase zu und schaute Jasper vorwurfsvoll an.

„Nee, nee, Schwesterlein, ich bin unschuldig. So kann ich gar nicht ..."

„Määääh" kam es aus der Ecke und Jasper stand auf.

„O mein Gott, das ist Flitzi, die kleine Sau!"

„Flitzemeister, das ist ein büsch'n arg", mischte sich der Fischer mit ein.

„Sein Fell! Das ist einfach seine dreckige Wolle. Da klebt die halbe Insel drin. Das stinkt alles erbärmlich, wenn es warm wird!", klärte Jasper die Anwesenden auf.

Hansen war inzwischen eingeschlafen. Ihm machte der Gestank nicht das Geringste aus. Die Müdigkeit und ein voller Magen hatten ihn in der wohligen Wärme ins Reich der Träume geschickt.

„Ich war mal in einem Saustall, da roch es ähnlich", sagte Jakobson.

„Was hast du heute nur mit Schweinen?", fragte Greet.

Jasper meldete sich zu Wort: „So viel, wie der überall rumstreunt, ist der Gestank doch kein Wunder."

„Ja, ja, das mag ja sein, aber bei aller Liebe, der stinkt uns hier die Bude voll. So kommen wir hier nicht zusammen durch den Sturm. Da geh ich lieber raus im Orkan 'ne Runde spazieren. Junge, stinkt der."

„Aber was wollen wir machen? Wir können ihn bei dem Wetter doch nicht rausschmeißen?", fragte Jasper.

„Wir waschen ihn! Wir waschen ihn!", rief Greet begeistert.

„Och, nö, Kind, ich wollte langsam mal Feierabend machen, ich hab mein Bett schon zu lange nicht mehr gesehen."

Stille.

„Määääääh."

„Weißt du was, du hast ja recht. So kann das nicht bleiben. Das hält der stärkste Bär nicht aus. Wat mutt, dat mutt. Lasst uns das schnell machen. Waschen wir ein Schaf!"

So wurde an diesem Abend, auf einer kleinen Nordseeinsel, mitten in einem kräftigen Sturm und bei Kerzenlicht, ein Schaf in einer Badewanne gewaschen. Von einem Fischer und zwei Kindern, bewacht von einem Hund. Hansen wurde dafür extra wieder aufgeweckt, um Flitzi vom Verlassen des Badezimmers abzuhalten. Jakobson packte zu, um das verdreckte Schaf ins Badewasser zu befördern. Nach anfänglichen empörten Mähereien und einigen energischen Fluchtversuchen, ergab sich Flitzi seinem Schicksal. Greet rieb das erbärmlich stinkende Schaf mit einer großen Portion Seife ein und schrubbte es. Selbst die anschließende Trockenrubbelung mit Handtüchern ließ das Schaf über sich ergehen, sodass einige Zeit später alle wieder in der warmen Stube rund um den Ofen versammelt waren.

Selbstverständlich bezog Flitzi erneut seine Ecke mit größtmöglichem Abstand zu diesen kleinlichen Menschen und diesem bösen Hund.

Draußen vor dem Haus tobte inzwischen das Chaos. Der Sturm brüllte, es polterte und schepperte. Die Kinder schauten sich unsicher an. Dann, mit einem großen Rums, krachte etwas an die Hauswand. Jasper ging zum Ausguck, sah aber nichts, woraufhin er beschloss, zur Tür zu gehen.

Gerade, als er den Türgriff in die Hand nehmen wollte, brüllte Jakobson: „Lass die Tür zu!" in einem harschen Ton, sodass beide Kinder erschraken.

„Ich mein das nicht böse, aber lasst bloß die Tür zu. Das ist gefährlich! Was auch immer da draußen jetzt so durch die Luft fliegt bei diesem Schietwetter, es soll nicht zur Tür reinkommen. Haben wir uns verstanden?"

„Aye, Captain", sagte Jasper und Greet nickte zustimmend.

„Auch der schlimmste Sturm geht vorbei!", sagte Jakobson und setzte sich mit einem wohligen Seufzer aufs Sofa. „Macht es euch muggelich, heute muss hier gar nichts mehr passieren. Wir haben unsere Teller leergegessen, der Hund war schon Gassi und sogar alle anwesenden Schafe sind porentief gereinigt. Ich fasse zusammen: Wir waren richtig fleißig."

Die Kinder setzen sich an den Ausguck und sahen, wie sich ein Mast draußen im Garten unter der Windlast so stark bog, dass er jeden Moment in der Mitte durchbrechen musste.

„Die Flaggen, Mist!", rief Jasper, „Wir haben vergessen die Flaggen einzuholen."

So sahen sie in den nächsten Minuten zu, wie es die Fahnen in Stücke zerriss und sie mit Karacho davonflitzten. Das Geräusch des Sturms ging ihnen durch Mark und Bein, fauchend fegte er über das kleine Haus hinweg und mit unheimlichen Tönen spielte er mit Mauer und Dach von Jakobsons Haus. Der Fischer hatte inzwischen die Beine hochgelegt und war seelenruhig innerhalb kürzester Zeit eingeschlafen. Sein einsetzendes Schnarchen war es, das den Kindern das Gefühl von Sicherheit gab. Wenn der erfahrene Seebär schlafen kann, dann kann keine Gefahr drohen, dachten sie sich beide. Hansen lag wieder neben dem Ofen, seine Pfoten schlugen im Traum umher und Flitzewitz stand strahlendweiß glänzend und wunderbar duftend in der Zimmerecke und schaute wie ein Schaf im Wohnzimmer eben so schaute.

# Aufräumarbeiten

*Vorbei das Gebrüll, hinfort nun der Spuk,*
*nach so viel Getöse ist´s nun auch genug.*

Fasan

„Gö göck! Gö göck!", rief es von draußen. Die Nacht war vorbei, es war hell geworden. Vom Sturm war nichts mehr zu hören. „Gö göck! Gö göck!" Jakobson schälte sich aus dem alten Sofa und schaute durch das kleine, runde Fenster nach draußen. Ein männlicher Fasan stand auf dem Friesenwall, seinem Steinmäuerchen. Ein prächtiger Vogel, wie aus dem Ei gepellt, seine Federfrisur mit rot-blaugrünem Kopf und den überlangen Schwanzfedern saß tadellos. Seine ganze Erscheinung strahlte Stolz und Würde aus. Wo auch immer er diese

Sturmnacht verbracht hatte, er meldete sich heute als allererster lauthals und offensichtlich in bester Verfassung. Als wollte er Bescheid geben, dass es ihn noch gab. Oder als ob er laut fragend rief, ob noch jemand überlebt hatte.

Jakobson sprach leise zu ihm durch das Fenster: „Ja, da bist du. Ich sehe dich. Du bist ein König. Du hast alles überstanden. Bist ein wunderschöner!" Weiter draußen hoppelten die ersten Kaninchen wieder über die Heidelandschaft, sie waren in ihren unterirdischen Gängen in dieser Nacht hervorragend geschützt gewesen. „Gut", sagte der Fischer und stellte zufrieden fest, dass sich die Tiere also wieder heraustrauten, was schon immer ein gutes Zeichen war.

Jasper und Greet lagen neben Hund Hansen auf einem Matratzenlager am Ofen. Sie schliefen tief und fest, erst spät waren sie eingeschlafen. Lange hatten sie es am Ausguck ausgehalten. Heute war Sonntag, die Schule stand für die beiden erst morgen wieder auf dem Programm, sofern die Schule noch stand! Jakobson ließ die Kinder schlafen und öffnete neugierig die Tür, um sein Haus von außen zu begutachten.

Was er sah, war heftig. Von seinem Fahnenmast steckte nur noch ein kleiner Stumpf im Garten, der Rest war wohl … ja, wo eigentlich? Er suchte weiter, sah abgebrochene Äste an der Hauswand liegen, die da sicher nicht hingehörten, aber vom Mast … keine Spur. Erst auf der Rückseite seines Hauses fand er ihn. Wie ein übergroßer Speer hatte sich der massive Holzstamm in das alte Gewächshaus von oben durchs Dach gebohrt. Jakobson rieb sich den Bart, weil er nicht gleich verstand, wie der Mast dorthin gekommen sein konnte. Einen

beachtlichen Weg hatte das schwere Holz durch die Luft zu-
rückgelegt, über das Dach, dort wohl am Kamin abgelenkt,
um dann präzise wie eine Rakete sein kleines Gewächshäus-
chen zu treffen. Verrückt.

„Na, die Tomaten kann ich wohl vergessen."

Und welch Glück für sein Haus, dessen Dach heil geblieben
war. Er lief zurück zur Vorderseite, wo ihn der Fasan auf der
Mauer anschaute.

„Ein eindeutiges Zeichen von oben, dass ich das mit dem Gemüse lassen sollte, Herr Fasan. Ich, Jakobson, bin auf der Welt,
um Fische zu fangen, nicht um Gemüse wachsen zu lassen.
Und du, ja, du, schaust einfach wahnsinnig gut aus", sprach er
zu dem Vogel, der seinen Kopf schräg hielt, vielleicht, um ihn
besser zu verstehen.

Das nächste, was Jakobson aus seinen Augenwinkeln sah, war
etwas Weißes, was von links aus seinem Haus direkt auf ihn
zu rannte. Flitzi strengte sich an, seinem Namen alle Ehre zu
machen. Doch jetzt stand da plötzlich dieser Mensch vor ihm!
Flitzi erschrak sichtlich, schlug einen extrem knappen Haken
um Jakobson herum und sprang mit einem großen Satz über
das kleine Mäuerchen. Unglücklicherweise riss er den Fasan
dabei mit von der Mauer.

„Göck! Göööcköööcköck!" war zu hören und vom Schaf nur
noch ein wildes „Määääääh"-Geblöke.

Der frisch gewaschene Willibald von Flitzewitz hatte nichts
anbrennen lassen und die Chance der offenen Türe eiskalt
ausgenutzt.

„So ein Schlawiner!", rief Jakobson. Viel weniger freundlich
waren die Worte des Fasans, der außer sich war vor Empö-

rung. Der ganze Vorfall war für seine Majestät, den stolzen Fasan, etwas tragisch. Meisterhaft, geschickt und mutig zugleich hatte er es tatsächlich in den letzten Stunden verstanden, vor dem Sturm und herumfliegenden Gefahren abwechselnd in Deckung zu gehen und zu flüchten. Kaum war alles vorüber, wurde er von einem wildgewordenen Schaf auf einem Mäuerchen umgemäht. Eine seiner langen Schwanzfedern lag neben ihm. Ein Anblick, den er nicht gut verkraftete. Und eine Geschichte, die ihm zu Hause bei seinen Hennen niemand glauben würde – was ihn doppelt und dreifach aufregte. Da war es auch kein Trost für ihn, dass das Schaf durch den Sturz hinter der Mauer einen ordentlichen braungrünen Fleck auf seinem Fell davongetragen hatte. Als Jakobson diesen Schmutz auf Flitzi sah, schlug er eine Hand vors lachende Gesicht und schüttelte nur den Kopf.

Geweckt von dem Radau kamen Greet und Jasper herausgewackelt. Und mit einem Satz war auch Hansen da. Alle drei schauten verschlafen drein. Die Kinder hatten noch nicht begriffen, was passiert war. Greet rieb sich die Augen und rief: „Der Fahnenmast!"
Jasper brachte ein: „Flitzi?" heraus.
Hansen starrte seinen Jakobson an.
„Nee, Hansen, lass mal. Lass ihn ruhig laufen. Der wird doch nicht glücklich bei seiner Herde. Und du kannst gleich mal weiter üben. Du weißt schon, die Schafe nicht mehr jagen.", sagte Jakobson.
„Aber was kreischt denn da so komisch?", fragte Jasper.
„Das ist ein gestürzter König, den das ehemals gereinigte

Fluchtschaf umgekegelt hat. Lange Geschichte, sehr tragisch", schmunzelte der Fischer.

„Na, und wo bitte ist dein Fahnenmast?", fragte Greet.

„Abgebrochen wie ein Streichholz. Dann abgehoben wie ein Vogel. Dann eingeschlagen wie eine Rakete. Schaut mal hinters Haus. Kaum zu glauben."

Die Kinder rannten zusammen mit Hansen ums Haus herum nach hinten. „O mein Gott! Jakobson! Dein Gemüse!", staunten sie.

„Tot. Ich glaube aber, es musste nicht lange leiden"

„So ein Pech, das gibt's doch nicht?! Sag ehrlich, ist das unsere Schuld? Ist der wegen der Flaggen abgebrochen?"

„Der alte Mast war durch und durch morsch. Das war an der Zeit, dass der sich mal verabschiedet. Bin nur froh, dass er nicht zum Küchenfenster reingeflogen kam."

„Auf jeden Fall ´ne Menge Glasscherben. Dass wir davon nichts gehört haben vor lauter Windgeheul, unglaublich!"

„Und schaut euch die ganzen Zweige an, die hier im Garten auch nix zu suchen haben. Das wird alles ´ne ziemliche Zeit brauchen, bis hier wieder klar Schiff ist", ächzte Jasper.

„Vielleicht fällt die Schule morgen ja aus. Apropos, geht das Telefon wieder? Wir sollten Mama gleich mal anrufen!"


So erwachten alle auf der Insel an diesem Sonntag mit einem Gefühl der Erleichterung darüber, dass der Sturm vorbei war. Jedem saß die Aufregung der letzten Nacht noch in den Knochen. Und alle schauten sich um, wo es Schäden zu verzeichnen gab. Mit am schlimmsten hatte es einen Abschnitt eines Spazierweges erwischt, der zugegebenermaßen recht nah an den Klippen der Insel entlanglief. Durch die immense Menge Wasser, die durch den Sturm an Land geschlagen war, hatte es einige Stücke des Kliffs herausgespült, bis ein kompletter Fels – samt Weg – in die Tiefe gestürzt war. Wie gut, dass dies alles nachts passiert war, so kam niemand zu Schaden.

Letztlich war bei jedem etwas zu Bruch gegangen und so manch einer wunderte sich, wie weit stabile und schwere Blumentöpfe durch den Wind angetrieben fliegen können, bevor sie sich dann an der Hauswand, auf der Wiese oder auf der Straße in tausend Teile auflösten. Die Salzwiesen unweit des Städtchens waren überflutet, das war weiter nicht ungewöhnlich. Den vielleicht kuriosesten Schaden nach Jakobsons Gemüse-Raketentreffer hatte Rike zu vermelden: Einer ihrer Einkaufswägen aus Metall hatte mit vollem Karacho die Glastür ihres Ladens eingehauen, obwohl diese von einer Holzplatte geschützt war. Der Wagen musste solch eine hohe Geschwindigkeit draufgehabt haben, dass er in hohem Bogen und mit solch einer irren Kraft gegen das Holz geflogen war, dass das dahinterliegende Glas zersprungen ist. Komisch nur, weil sie sich sicher gewesen ist, alle Einkaufswägen im Inneren ihres Ladens eingeschlossen zu haben. Mit zerzausten Haaren stand sie vor ihrem Laden und wunderte sich.

Da kam Erik angewackelt. Mit beiden Händen hinter dem Rücken und einem vorsichtigen Grinsen im Gesicht. Er räusperte sich. „Was ein Treffer, hm?"

„Das kannst du wohl sagen. Mit Absicht hätte man das nicht besser hinbekommen."

„Mein Rikelein, ich fürchte, ich muss dir ein Geständnis machen."

„Was für ein Geständnis? Ich habe gerade ein paar andere Probleme, wie du siehst."

„Nu ja, der Wagen kam vom Knurrhahn rübergeschossen. Ich hatte mir den ausgeliehen beim letzten Einkauf und hinterm Haus geparkt. Ich hätte schwören können, dass ich ihn zurückgebracht habe."

Rike schaute ihn einfach nur an und sagte schließlich: „Das hat der Blanke Hans ja jetzt für dich erledigt. Und zwar ziemlich gründlich. Der wollte gleich zum Haupteingang rein, obwohl geschlossen war."

Erik setzte sein freundlichstes Grinsen auf und überreichte ihr eine Flasche seines besten Rums.

Rike boxte ihn auf den Arm und sagte: „Ach, du knorriger Knurrhahn, wer kann dir schon böse sein. Ich nicht."

Sie drückte ihm ein Küsschen auf und genau das war der Moment, an dem Erik klar wurde, dass dieser Blanke Hans vielleicht das Beste war, was ihm passieren konnte.

## Kapitel 22

# Ententeich

*Alles ist ruhig, der Hans ist nun weg.*
*Was hatte der nur für 'nen seltsamen Zweck?*

Jakobson stand an der Hafenmauer, schaute aufs Meer und pfiff fröhlich vor sich hin. Er freute sich über strahlenden Sonnenschein an diesem Nachmittag. Die Luft stand still und keine Wolke war am Himmel zu sehen. Der Sturm hatte die Insel ganz schön mitgenommen, doch die Insulaner waren fleißig dabei die Schäden zu reparieren. Und die beste Nachricht des Tages hatte sich schnell herumgesprochen: Es gab keine Verletzten unter den Einwohnern und den Inselgästen. Rike bekam mit ihrer kaputten Tür sehr eifrige Hilfe von Erik. Nele meldete keine großen Schäden an Leuchtturm und Bauernhof. Nachdem sie von Jakobsons zerstörtem Gewächshaus gehört hatte, versprach sie, ihn künftig mit frischem Gemüse zu versorgen, was er dankbar annahm.

Die Kinder waren zurück im Städtchen. Ganz unglücklicherweise hatte der Sturm einen Teil des Schuldachs abgedeckt, sodass die Schüler wohl ein paar Tage zu Hause bleiben mussten. „Sturmfrei" hatten sie, keine Schule wegen Sturmschäden. Sie wussten schon, wie sie die freie Zeit nutzen wollten. An der Küste nach Strandgut suchen. Denn ein Sturm brachte nicht nur viel Luft und Wasser mit sich. Auch eine ganze Menge Muscheln, Seesterne und anderes Getier spülte so ein Unwetter an die Küste. Und da war ja noch die Sache mit den Strandschätzen. Nicht gerade wenige über Bord gegangene Schiffsladungen hatten so schon ihre Besitzer gewechselt. Denn in manchen Ländern durfte man solche Fundstücke einfach behalten. Ob das hier auch galt, mussten sie noch herausfinden. Fest stand: Ihre nächsten Tage sollten zu einer intensiven Schatzsuche werden. Mit Fahrrad-Anhänger und Eimern, Taschenmesser und Schnur zogen sie voll ausgerüstet los, bereit, fette Beute zu machen.

„Schau dir das an, mein Großer, heute ist Ententeich. Als wäre nichts gewesen", sagte der Fischer zu Hansen, der neben ihm auf der Mauer saß. Der Anblick dieser spiegelglatten See ohne jede Welle, die von Seeleuten gern „Ententeich" genannt wird, war immer noch etwas Besonderes. Denn so oft kam das an der Nordsee nicht vor.

„War 'n büsch'n viel Wind und ein büsch'n viel Aufregung. Und jetzt ist einfach nur Ruhe. So will es das Leben wohl, oder, Großer, was sagst du?"

Hansen bellte und wedelte mit dem Schwanz. Sie atmeten tief ein. Sie brauchten diese salzige Luft in der Nase, sie mussten das Meer riechen. Man sagt ja, dass Köche das Essen versalzen, wenn sie verliebt sind. Der, der das Meer erschaffen hatte, musste schwer verliebt gewesen sein.

„Stell dir mal vor, das Meer wäre immer so ruhig. Da könnten wir aus der Wellenbeißer ein gemütliches Tretboot machen. Würde dir das gefallen?"

Hansen schnaubte einmal laut, schüttelte heftig den Kopf und tippelte zum Kutter. Es war Zeit. Zeit, wieder rauszufahren. Das war seine Antwort.

So sehr Jakobson es also mochte, wenn der Wind blies, weil sich seine Lebensgeister dann erfrischt fühlten – so sehr dieser Seebär und Fischer die launische Nordsee liebte, so dankbar war er nun über die Pause, die das Wetter der Insel gönnte. Erneut hatten die Menschen erlebt, dass sie nicht alles unter Kontrolle haben konnten, auch wenn sie es noch so sehr wollten. Fliegende Blumentöpfe, zersplitterte Glastüren, abbrechende Fahnenmasten und einstürzende Klippen waren wirklich nicht ungefährlich.

„Du willst rausfahren, Hansen? Na, das kriegen wir hin!" sagte Jakobson leise, fuhr sich mit der Hand durch den Bart, rutschte die dunkelblaue Mütze auf seinem Kopf zurecht, und folgte dem Hund zu seinem Kutter. Dort angekommen strich er der Wellenbeißer mit den Fingern über den Bug und flüsterte dabei etwas.

Danach klopfte er dreimal auf die Bootswand, lachte und sprang an Bord, um die Vorbereitungen für die Abfahrt zu treffen.

Svensson hatte die beiden beobachtet und kam kurze Zeit später von seinem Hafenamt herübergelaufen.

„Na, ihr zwei Nordseekrabben, macht ihr euren Törn, geht´s raus? Leinen los?", rief er aufs Boot.

Jakobson antwortete, ohne ihn zu sehen, aus dem Inneren des Kutters. „Aha, der Hafenmeister persönlich. Jawoll, wir fahren raus!"

Dann kam er an Deck und grüßte Svensson. „Es ist uns eine Ehre, wenn der Herr Hafenmeister mit Hand anlegt. Jo, büdde, Leinen los!"

Svensson nahm die Leinen von den Pollern und warf sie aufs Boot. Hansen sammelte die Leine achtern, also im hinteren Teil, auf und ließ sie auf einen Haufen fallen. Gelernt ist gelernt.

„Herr Hafenmeister!", rief Jakobson und salutierte dabei wie ein Marinesoldat, „Melde gehorsamst, es ist 14 Uhr an einem wunderschönen Sonntagnachmittag. Mit zwei Mann Besatzung sticht die Wellenbeißer in See. Zweck der Fahrt: Lebensfreude nach Sturm. Außerdem: Kontrolle der Insel von außen. Erstens, weil das Polizeiboot das gerade nicht kann, da die Makrele 11 derzeit eine geräucherte Makrele 11 ist. Zweitens, weil ein Blick von außen nie schadet. Drittens, weil wir, wenn uns danach ist, noch ein büsch'n fischen gehen. Oder heute wohl eher angeln, das Netz hat der Meeresgott Neptun in Fetzen gerissen."

Svensson lachte, salutierte zurück und sagte: „Na, denn man tau! Und übrigens, wenn ihr mir versprecht, brav zu sein, dann mach ich euch sogar das Hafentor auf."

Jakobson drehte sich um und schaute auf das geschlossene Tor. „Gut, dass du uns daran erinnerst. Wäre uns gar nicht aufgefallen, dass deine Tür zum Meer noch zu ist. Büdde, lieber Hafenchef, mach auf das Ding! Wir wollen ja keine Hafenrundfahrt machen. Da wären wir ja gleich wieder fertig. Wir brauchen Freiheit. Wir wollen aufs Meer, einmal rundrum um unsere schöne Insel!"

So tuckerte die Wellenbeißer wenig später aus dem Inselhafen hinaus: Diesmal ließ er ihr Horn laut und weithin hören. Hansen stand ganz vorne am Bug und schnupperte die See-

luft, die heute nur als sanfter Fahrtwind um seine Nase wehte. Jakobson setzte den Kurs. Raus auf die geliebte Nordsee, die vollkommen ruhig im tiefsten Azurblau erstrahlte. Der Fischer machte seine Runde, um nach dem Rechten zu sehen.
Mit seinem lauten „AHOI!" fuhr er volle Kraft voraus und niemand hielt ihn davon ab. Er war genau dort, wo er sein wollte. Auf seinem Boot und begleitet von der besten Mannschaft: seinem Hund Hansen und einer einzelnen, über ihnen kreisenden Möwe.

Alle drei waren sie frei und bereit für neue Abenteuer, die auf der Nordsee schon auf sie warteten.

# Ende

# Kennst du alle Antworten?

Warum sollen Hunde an der Nordsee besser an die Leine?

Welcher Nordseefisch hat ein Tigermuster auf der Haut?

Welcher Wal ist in der Nordsee heimisch?

Warum schützen uns Küstenschafe vor Sturmfluten?

Können Vögel riechen oder nicht?

Woher kommt der weiße Schaum am Strand, wenn es stürmt?

Ist Steuerbord links oder rechts?

Wozu ist ein Fender da?

Gab es Piraten auf der Nordsee?

Warum braucht man an der Nordsee nie einen Regenschirm?

Warum sollte man das Gras auf dem Deich nicht zertrampeln?

Wie kann man zwölf Windstärken einfach zusammenfassen?

Wer ist denn bitte der „Blanke Hans"?

Warum mögen Fischer schlechtes Wetter?

Was meint ein Fischer, wenn er von einem guten „Hol" spricht?

Was ist das „Ölzeug" eines Fischers?

Was ist der Queller und wie schmeckt er?

Wie sieht ein Austernfischer aus?

Wo sind die Strandkrabben eigentlich im Winter?

Warum müssen Norddeutsche eigentlich nicht wissen, wie man „bisschen" schreibt?

Wo bekommt man richtig frische Nordseekrabben?

Was ist „Reet" und wofür wird es benutzt?

*Die Lösungen stehen im Buch.*
*Wo genau? Das findet ihr auf der Website!*

# Wer die Nordsee mag, ist bei Jakobson richtig!

Jakobson, Herr Hansen, Greet und Jasper
freuen sich über Besuch auf:

## www.JakobsonsNordsee.de

Aktuelles, Hintergrundgeschichten,
Feedback und mehr ...

# Bitte!

Dieses Buch ist mein Hurra an die Nordsee und das Wattenmeer, als Beispiel für unsere wunderbare Natur. Genießt, was euch unser Planet bietet. Artenvielfalt ist aber nicht nur faszinierend, sondern auch schutzbedürftig. Es ist dies die Zeit, in der wir genügend darüber wissen. Was fehlt, ist oft das rücksichtsvollere und nachhaltigere Handeln. Möge dieses Buch, neben der augenzwinkernden Unterhaltung, auch zum Staunen und Nachdenken anregen. Schont und schützt die Tiere, die Pflanzen und deren Lebensräume, egal wo ihr seid!

# Danke!

Um ein Buch zu erschaffen, bedarf es Inspiration, Leidenschaft und Ausdauer. Die Nordsee, die Menschen und Tiere dort sind ein sprudelnder Quell frischer Ideen. Sich in das Nordische zu verlieben, ist kein Kunststück. Aber erst das richtige Team sorgt dafür, dass Kreation gelingen darf. Herzlichsten Dank an an den Fischer Paul für die Inspiration, an die Geburtshelferin Juliane, die Fittiche von Iris, die Tränen von Martin, an die vielen kleinen wie großen Testleser und Feedbackspender. Was wäre dieses Buch ohne die Akribie von Lektorin Kerstin, ohne die Kunst der geduldigen Telse – und ohne den Layoutpimp von Lars? Meine tiefste Verbeugung vor Christella, Carlotta und Oskar, Elke sowie Lotte, die meinen Kutter am laufen hielten und ein ganzes Meer voller Fragen beantworten mussten.

# Jörn Peter Fischer

Lernte als Kind Vogelstimmen und Tierspuren, dann erst Automarken. Die Faszination für Ebbe, Flut und Sturm, das Krabbenpulen und der Duft vom Tee des Vaters, prägten einen unvergesslichen Teil seiner Kindheit. Für dieses Buch hat er Kapitäne interviewt, war im Ölzeug auf Fangfahrt dabei, hat Netze flicken gelernt und in friesischen Teestuben unglaubliche Geschichten gehört. Steht am liebsten mit Kamera und Notizbuch an der Nordsee – und im Winter unter Polarlichtern. Er studierte Philosophie bei den Jesuiten, ist Ghostwriter, Kommunikationsberater und Websitedompteur. Leint seinen Hund in Schafnähe zuverlässig an. **www.JakobsonsNordsee.de**

# Telse Ahrweiler

Ihre friesischen Wurzeln zeigt nicht nur ihr Vorname, auch ihre Nordsee-Bilder für Jakobson sprudeln vor nordischer Kraft. Die große Liebe zu Illustration, Sketchnoting und Lettering war ein perfektes Match. In einer Mischung aus Fineliner und Aquarell bleibt bei naturgetreuer Darstellung in ihren Werken noch ein wunderbarer Freiraum für die je eigene Fantasie. **www.telse-ahrweiler.de**

# „Ohne die Großen gibt es keine Kleinen."

Jakobson, Nordseefischer mit großem Herz

# „Kauft mehr Fischbrötchen!"

Dörte, Möwe, hungrig

# „Hunde gehören an die Leine!"

Ole, Schäfer, sauer